조선후기 통신사 필담창화집 번역총서 5

和韓唱酬集 三·四

화한창수집 3·4

조선후기 통신사 필담창화집 번역총서 5

和韓唱酬集 三・四

화한창수집 3・4

하우봉・유경미 역주

보고사

이 역서는 2008년도 정부재원(교육과학기술부 학술연구조성사업비)으로 한국연구재단의 지원을 받아 연구되었음(KRF-2008-322-A00073)

이 번역총서는 2012년도 연세대학교 정책연구비(2012-1-0332) 지원을 받아 편집되었음.

차례

조선후기 통신사 필담창화집 번역총서를 간행하면서 / 293

일러두기

1. 통신사 필담창화집 번역총서는 제1차 사행(1607)부터 제12차 사행(1811)까지, 시대순으로 편집하였다.

2. 각권은 번역문, 원문, 영인자료의 순서로 편집하였다.

3. 300페이지 내외의 분량을 한 권으로 편집하였으며, 분량이 적은 필담창화집은 두 권을 합해서 편집하고, 방대한 분량의 필담창화집은 권을 나누어 편집하였다.

4. 번역문에서 일본 인명과 지명은 한국 한자음 그대로 표기하고, 처음 나오는 부분의 각주에 일본어 발음을 표기하였다. 그러나 번역자의 견해에 따라 본문에서 일본어 발음대로 표기를 한 경우도 있다.

5. 번역문에서 책명은 『 』, 작품명은 「 」으로 표기하였다.

6. 원문은 표점 입력하였는데, 번역자의 의견에 따라 표기하는 것을 원칙으로 하였지만, 가능하면 한국고전번역원에서 정한 지침을 권장하였다. 이 경우에는 인명, 지명, 국명 같은 고유명사에 밑줄을 그어 독자들이 읽기 쉽게 하였다.

7. 각권은 1차 번역자의 이름으로 출판되었는데, 최종연구성과물에 책임연구원과 공동연구원의 이름이 반드시 들어가야 한다는 한국연구재단의 원칙에 따라 최종 교열책임자의 이름으로 출판되는 책도 있다.

8. 제1차 통신사부터 제12차 통신사에 이르기까지 필담 창화의 특성이 달라지므로, 각 시기 필담 창화의 특성을 밝힌 논문을 대표적인 필담창화집 뒤에 편집하였다.

거질의 필담창화집 출현
『화한창수집(和韓唱酬集)』

　　본래 일본은 무사가 중심인 사회였기 때문에, 한문은 교양을 갖춘 승려처럼 특수한 계층에서나 할 수 있는 것이었고 외교 업무도 승려들이 관장하였다. 그런데 에도막부가 들어서면서 처음으로 승려가 아니면서 막부에 고용되어 한문을 담당하는 인물이 등장했다. 그가 바로 하야시 라잔[林羅山, 1583~1657]이었다. 라잔의 문집에는 사명당(四溟堂, 1544~1610)을 필두로 사행이 있을 때마다 나눈 필담이 실려 있다. 그가 상대했던 사행원은 주로 독축관(讀祝官), 이문학관(吏文學官) 등의 관함을 띠고 있었다. 라잔이 죽은 후에도 자손들이 대를 이어 막부의 외교문서를 다루었다.

　　그러다가 1682년 제7차 사행에 이르러 양국 문사의 교류에 새로운 국면이 전개되었다. 기본적인 임무는 에도 막부 5대 쇼군인 도쿠가와 쓰나요시[德川綱吉]의 즉위를 축하하고 국서를 전달하는 것이었지만, 양국인 사이에서 부수적으로 문화교류가 활발하게 이루어졌다. 그 대표적인 현상으로 "제술관(製述官)"이라는 직임이 새로 설치되어 파견된 것이다. 제술관은 사행원 내부의 필요가 아니라 일본인들의 문사 욕구에 부응해서 특별히 파견된 사행원이었다.

전국시대(戰國時代)를 거치고 평화의 시대를 맞이했던 에도 막부는 초닌[町人] 문화의 발전을 통해 일반 서민들도 교양을 갖추어 나갔다. 통신사의 회수가 거듭될수록 조선인의 글을 받고 싶어 하는 일본인이 점점 늘어났다. 그러다가 1682년에 이르면, 통역을 통해 글을 부탁하는 수준이 아니라 직접 스스로 한문으로 얘기를 나눌 수 있는 일본의 문사들이 대거 등장하게 된다. 가는 지역마다 유자(儒者)들이 있어서 조선의 문사들을 만나 필담을 나누고 싶어 하고 시를 주고받고 싶어 했다. 호행(護行)을 담당한 쓰시마 사람들, 특히 한문을 담당하는 진문역(眞文役)은 이들을 통제하고 중개하였다. 1682년에 국격을 지키고 조선 사절을 배려하기 위해, 함부로 일본인이 조선인에게 접근하지 못하도록 막부로부터 엄중한 명이 내려왔고, 나눈 필담은 모두 기록해서 보고하도록 했기 때문이다.

활발한 교류의 결과, 1682년 조선인과 나눈 시와 필담을 대대적으로 수집하고 편집해서 간행한 일이 처음 시도되었다. 그 결과물이 바로『화한창수집(和韓唱酬集)』이다. 교토의 한 서점인 정자옥(丁子屋)에서 전국적으로 필담기록을 구하여 7책으로 편찬해 이듬해인 1683년에 출간한 것이다. 창화시 및 필담을 실은 일본인과 상대한 조선인의 성명은 다음과 같다.

권수	지역	일본인	조선인
首	교토	祖辰	윤지완(尹趾完, 정사), 이언강(李彦綱, 부사), 박경후(朴慶後, 종사관), 성완(成琬, 제술관), 홍세태(洪世泰, 자제군관)
		高伯順	이담령(李聃齡, 부사서기)
		松下見林	홍세태

首	에도	林鷲峰	성완, 이담령, 홍세태
		林整宇	윤지완, 이언강, 박경후, 성완, 이담령, 홍세태
		南春庵	성완, 이담령, 홍세태
		坂井漸軒	성완, 이담령, 홍세태
		林整宇	윤지완, 이언강, 박경후, 성완, 이담령, 홍세태
		山田復軒	성완, 이담령, 홍세태
	요도[淀]	長岡元甫	성완, 홍세태
		長岡山立	성완, 홍세태
一之一	오사카	山本洞雲	성완
		福住道佑	성완
	교토	熊谷了庵	성완, 이담령, 홍세태
		顯靈	윤지완, 이언강, 박경후, 성완
		堀蒙窩	성완, 홍세태
		黑川義齋	성완, 홍세태
		谷川榮元	성완
		橋本益亭	성완, 이담령,
		三宅誠齋	성완, 홍세태
		玄機	성완, 이담령, 홍세태
		玄緣	성완, 이담령, 홍세태
		竺靈	박경후, 성완, 이담령, 홍세태, 이삼석(李三錫, 소동)
	에도	木下順庵	성완, 이담령, 홍세태
一之二	오사카	三宅遜宇	성완, 홍세태
		三宅淑愼	성완, 이담령, 홍세태, 정두준(鄭斗俊, 양의)
		淺野梅隱	성완, 홍세태
		舟木近信	성완, 홍세태
		養朴	홍세태
	교토	原田順宣	성완
		木下菊潭	성완, 이담령, 홍세태
		靑木東庵	성완, 이담령, 홍세태
	우시마도(牛窓)	小原正義	성완
	교토	覺印	성완
		向井滄洲	성완, 이담령, 홍세태
		星野富春	성완, 이담령, 홍세태
		田村三恕	이담령

二之一 二之二 三	교토, 에도	柳川震澤	성완, 이담령, 홍세태, 정두준, 안신휘(安愼徽, 상통사)
四	에도	板坂晚節齋	성완, 이담령, 홍세태, 안신휘

위의 표에서 보듯 특별한 경우를 제외하고는 주로 제술관 성완, 부사 서기 이담령, 자제군관 홍세태가 일본 문사를 상대하였다. 비록 일본 문사 교류를 전담시키기 위해 제술관을 파견했지만, 혼자서 많은 문사를 상대하기에는 벅찼다. 서기 이담령이 성완과 함께 하였고, 우연히 자제군관으로 오기는 했지만 문장 능력이 출중했던 홍세태가 적극적으로 참여하였다. 이외에 글씨를 잘 썼던 역관 안신휘, 의원 정두준도 일본 문사들과 종종 필담을 나누었다.

일본 문사는 총 39인이다. 그 가운데 전통적인 한문학 담당층이었던 승려들이 있다. 오사카에서 맞이하여 에도까지 안내하는 호행장로 조진(祖辰)처럼 조선 문사와 접할 기회가 많은 사람은 그만큼 창수시도 많이 남겼다. 에도에서 만난 일본 문사들에는 라잔의 손자인 하야시 세이우[林整宇]와 제자인 히토미 각산[人見鶴山]처럼 막부의 유관(儒官)이 있고, 주군을 따라 에도의 번저(藩邸)에 온 각 번의 유관들이 있었다. 이런 유관들은 주로 교토의 학자들에서 학맥을 형성했던 경학파(京學派)가 많았다. 대표적으로 기노시타 준안[木下順庵]과 같은 거유(巨儒)를 들 수 있는데, 그의 제자들 가운데는 번이나 막부에 고용되지 않고 민간에서 경서와 시를 가르치는 학자도 있었다. 대표적으로 야나가와 신타쿠[柳川震澤]을 들 수 있는데, 그의 뛰어난 문장력을 인정한 성완 등과 많은 필담을 나누었다. 『화한창수집』 7책 가운데 3책이 그의 글로 채워져 있다.

당시 출판문화가 한창 발달하고 있던 일본에서 이처럼 필담창화가 상업적으로 출판되었다는 것은 어느 정도 인기가 있었는지 가늠케 해 준다. 이 필담창화집은 일본인만 읽었던 것이 아니다. 1719년 서기로 일본에 갔던 성몽량(成夢良)은 오사카에 도착해서 "임술사화집(壬戌使 華集)"을 구하여 보았다. 백부 성완이 1682년 일본에 와서 남긴 글을 구해서 돌아가고 싶었기 때문이다. 성몽량과 함께 책을 본 신유한(申 維翰)은『해유록(海游錄)』에 이 "임술사화집(壬戌使華集)"에는 시편과 필 담이 상세히 기록되어 있고 특히 야나가와 신타쿠의 글이 뛰어났다고 기록하였다. 이 임술사화집은 정황상 바로『화한창수집』을 가리키는 것이라고밖에 볼 수 없다. 조선 문사들도 이렇게 간행된 필담창화집 을 구해서 돌아갔던 것이다.

『화한창수집』의 가장 큰 의의는 이후로 전국적인 필담창화를 모두 갖추어 출간하는 필담창화집의 전형을 마련했다는 것이다.

『화한창수집(和韓唱酬集)』은 목판본(木板本) 7冊으로, 四周單邊 半 郭 20.3×14.0cm 10行15字, 黑口, 無魚尾, 27.1×18.0cm로, 간기는 "天和三癸亥歲(1683)正月吉旦丁子屋源兵衛梓行"라고 되어 있다. 현 재 국립중앙도서관, 일본공문서관(日本公文書館), 동경도립도서관(東京 都立圖書館), 텐리대학도서관(天理大學圖書館) 등에 소장되어 있는 것이 파악되었는데, 결본 등이 있는 경우도 있지만 같은 간본들이다. 이 책 에서는 전권이 갖추어져 있는 국립중앙도서관 소장본을 선본으로 사 용하였다.

화한창수집
和韓唱酬集
三
3

화한창수집 3

○정사 윤 동산(尹東山) 공에게 드리는 편지

엎드려 생각건대, 사모(四牡)[1]처럼 멀리 달려 천년 두 나라의 맹약을 맺고, 쌍어(雙魚)[2]가 만리를 길게 건너 삼복의 더위를 넘었습니다. 지금 정(鄭)나라 자우(子羽)[3]처럼 수식(修飾)도 당당하고, 글을 부탁하던 지난날에 한(漢)나라의 종군(從軍)처럼 공훈도 혁혁합니다. 화려한 사절단은 안팎으로 두루 보이고, 선비간의 교유는 유쾌합니다.

공경히 생각건대, 정사 윤 동산 합하는 계림의 빼어난 기운에 제역(鯷域)[4]의 영(靈)을 모으고, 재주가 사기(四虁)[5]와 나란하며 이름이 삼봉

---

1 사모(四牡) : 『시경(詩經)』 소아(小雅)의 사모(四牡). "나라의 일을 견고하게 해 놓지 않을 수가 없어서 아버님 모실 겨를도 없다"는 대목이 나옴.

2 쌍어(雙魚) : 멀리서 보내 온 두 마리의 잉어 뱃속에 편지가 들어 있었다는 고사에서 나온 말로 서신(書信)을 의미. 쌍리(雙鯉), 혹은 이소(鯉素)라고도 함.

3 자우(子羽) : 정(鄭)나라 자산(子産)이 집정(執政)한 뒤로 적재적소에 인재를 배치하여 활용했는데 시문을 짓고 사령(辭令)을 담당하는 일은 자우(子羽)에게 맡겨 행인(行人)의 임무를 수행케 했던 고사에서 따옴. 『춘추좌전(春秋左傳)』 양공(襄公) 31년.

4 제역(鯷域) : 우리나라를 가리킴.

(三鳳)[6]에 가지런합니다. 임금의 뜻을 돌려세우는 일에 천거되었고, 문무를 바로 잡는 푯대로 일하였습니다. 일찍이 궁궐의 계단에 나아가 거닐며, 끝내 몸을 일본 땅에 올렸습니다.

한 왕대의 사륜(絲綸)[7]을 잡고, 반고(班固)의 향기로움을 쐬이고 송옥(宋玉)의 화려함을 모았으며, 오경(五經)의 같고 다름을 바로 하되, 주고(周誥)에 근거하고 은반(殷盤)에 기준 삼았습니다. 손으로 구름을 헤쳐 규벽(奎璧)과 광망(光芒)을 뽑고, 가슴에 별자리를 두어 하늘과 땅의 숨은 비밀을 토했습니다. 말을 타면서도 글을 지어 원호(袁虎)[8]를 떨치고 저를 황홀케 했으며, 채필(彩筆)[9]이 꽃을 피우니 강엄(江淹)[10]을 찬란하게 하고 혼이 나가 넘어질 듯합니다.

명추(鳴騶)[11]의 꽃수레가 조력(雕力)을 옹위하고 임금의 은혜를 입어,

---

5 사기(四夔) : 기(夔)는 순(舜) 임금 때에 음악을 관장한 현신(賢臣)인데, 당나라의 최조(崔造), 한회(韓會), 노동미(盧東美), 장정칙(張正則)이 서로 절친한 친구가 되어 왕좌(王佐)의 인재들로 자부하였으므로, 사람들이 사기라고 불렀다고 함.

6 삼봉(三鳳) : 세 마리의 봉황. 세 사람의 수재. 역사적으로 여러 예가 있음.

7 사륜(絲綸) : 임금의 말은 처음엔 실처럼 가늘다가도 밖에 행해짐에 미쳐서는 밧줄처럼 굵어진다.[王言如絲 其出如綸]는 말에서 기인하여, 황제의 조서(詔書)를 표현할 때 씀. 『예기(禮記)』치의(緇衣)

8 원호(袁虎) : 진(晉)나라 사람. 그가 환선무(桓宣武)로부터 포고문을 빨리 지으라는 독촉을 받고는 말에 기댄 채 종이 일곱 장의 글을 금세 지었던 고사에서 따옴.『세설신어(世說新語)』문학(文學).

9 채필(綵筆) : 강엄(江淹)이 꿈속에서 곽박(郭璞)에게 돌려주었다는 오색 붓으로, 뛰어난 문재(文才)를 가리킴.

10 강엄(江淹) : 자는 문통(文通). 남조(南朝) 때 고성(考城) 사람으로 본래 글재주가 있었음.

11 명추(鳴騶) : 귀인의 행차를 수행하면서 벽제하는 기마병. 인하여, 지위가 높고 귀한 사람을 이르는 말로 쓰임.

바다를 건너고 산을 넘어 금절(金節)을 잡고 임금의 일을 따르니 미고
(靡鹽)[12]할 것입니다. 제비턱에 호랑이 머리[13]이니, 사신의 일이 끝나면
만 리 봉후(封侯)를 얻을 것이요, 바람을 읊고 달을 노래하여, 주머니에
가득찬 시가 벌써 3천여 수에 미쳤습니다. 여관에 앉아 상외(象巍)[14]를
생각하니, 반맹양(潘孟陽)[15]이 절에서 좋은 술을 맛본 것 같은 일은 없
었고, 높은 언덕을 넘어 고향 집을 바라보니, 적인걸(狄人傑)[16]이 타향
에서 흰 구름을 돌아보는 것과 닮았습니다.

빛나는 충성과 효도는 세상에서 모두 지남(指南)으로 받들고, 예(禮)
에서 말하고 악(樂)에서 말하며 무리는 이미 기북(冀北)[17]에서 비었습

---

12 미고(靡鹽) :『시경(詩經)』소아(小雅) 사모(四牡)에 "나랏일을 견고하게 해두지 않으면
  안 되는지라, 어머니 봉양할 겨를도 없네.[王事靡鹽 不遑將母]"라고 노래한 데서 나옴.

13 제비턱에 호랑이 머리 : 후한 때 한 관상쟁이가 반초(班超)에게 말하기를 "그대는 제비
  의 턱에 범의 머리라 날아서 고기를 먹는 상이니, 이는 곧 만리후에 봉해질 상이다.[燕頷
  虎頭 飛而食肉 此萬里侯相也]"라고 했는데, 뒤에 과연 그가 서역(西域)의 50여 나라를
  평정하여 큰 공훈을 세워 서역도호(西域都護)가 되고 정원후(定遠侯)에 봉해졌던 데서
  온 말.

14 상외(象巍) : 상위(象魏)인 듯함. 상위는 대궐의 문. 전하여 교령(教令).

15 반맹양(潘孟陽) : 당나라 때의 관리로서, 염철(鹽鐵)을 전운(轉運)하는 일을 맡았을
  때 이르는 곳마다 연일 머물면서 노래하고 즐겼는데, 훗날 정경(鄭敬)이 강회(江淮)를
  선위(宣慰)할 적에 헌종(憲宗)이 이르기를, "경은 이번 행차에서 반맹양처럼 재물을 탕진
  하며 진탕 마시고 산사(山寺)에서 노닐지는 말아야 할 것"이라 말한 데서 따옴.『신당서
  (新唐書)』권160 반맹양열전(潘孟陽列傳).

16 적인걸(狄人傑) : 당나라 때 사람. 인인기(藺仁基)는 그를 칭송하여 "적공의 어짊은
  북두 이남에 한 사람뿐이다.[狄功之賢 北斗以南 一人而已]"라고 한 말이 있음.『당서(唐
  書)』권89 적인걸열전(狄人傑列傳).

17 기북(冀北) : 기북은 준마가 많이 생산되는 지역. 한유의〈송온처사부하양군서(送溫處
  士赴河陽軍序)〉에 "백락이 기북의 들판을 한번 지나가자 말들의 그림자가 보이지 않게
  되었다.[伯樂一過冀北之野 而馬群遂空]"라는 유명한 말이 있음.

니다. 저는 녹록하여 용렬한 이이고 하품(下品)에 지나지 않아, 조예(鑿
柄)[18]의 어려움을 어루만지고, 게을러서 떨치지 못하나 편안하게 생각
합니다. 참새의 짧은 날개처럼 퍼덕이니 큰 기러기가 하늘을 꾀하여
도 알지 못하고, 좁은 물에서 앳된 비늘을 퍼덕이니 도리어 고래가 바
다를 거슬러 감을 괴이하게 여깁니다.

연석(燕石)[19]을 안고 스스로 보배로 알고, 감히 현려(縣黎) 결록(結綠)[20]
의 아래에 바쳐서 족하다 하였으며, 호피(虎皮)를 둘러쓰고 어떻게 감
히 신이한 천리마와 상서로운 기린의 앞에 달려가겠습니까. 모린(慕
藺)[21]하는 마음 평상시 마음보다 배나 절절하고, 빛나는 행렬을 바라매
어찌 뛰며 좋아하지 않을 수 있겠습니까.

형주(荊州)[22]임을 알아 마땅히 여러 무리에 앞세우고, 신선의 옷소매

---

18 조예(鑿柄) : 전국 시대 초나라 송옥(宋玉)의 구변(九辯)에 "둥글게 깎인 구멍에 네모진
기둥 끝을 끼우려 함이여, 서로 걸맞지 않아 들어가기 어려움을 내가 참으로 알겠도다.[圓
鑿而方柄兮 吾固知其鉏鋙而難入]"라는 말에서 따옴.

19 연석(燕石) : 송나라의 어리석은 사람이 옥돌과 비슷하면서도 보통의 돌멩이에 불과한
연석(燕石)을 보옥인 줄 알고 주황색 수건으로 열 겹이나 싸서 깊이 보관하며 애지중지하
다가 주(周)나라의 어떤 나그네에게 비웃음을 당한 고사가 전함. 『후한서(後漢書)』 권48
응소열전(應劭列傳).

20 현려(縣黎) 결록(結綠) : 미옥(美玉)의 이름. 『사기(史記)』에, "주(周)나라에는 지액(砥
砨)이 있고, 송(宋)나라에는 결록(結綠)이 있고, 양(梁)나라에는 현려가 있고, 초(楚)나라
에는 화박(和朴)이 있었는데, 이 네 가지 보배는 천하의 명기(名器)가 되었다." 하였음.

21 모린(慕藺) : 한(漢)나라 사람 사마상여(司馬相如)가 전국 시대 조(趙)나라 사람 인상
여(藺相如)의 사람됨을 사모하여 자기 이름을 상여(相如)라 한다 하였음. 『사기(史記)』
사마상여전(司馬相如傳).

22 형주(荊州) : 장자(長者)의 덕을 갖추어 후배들로부터 존경을 받는 훌륭한 인물이라는
말. 형주의 장사(長史)로 있던 한조종(韓朝宗)에게 보낸 이백(李白)의 편지 〈여한형주서
(與韓荊州書)〉 가운데에 "살아서 만호후(萬戶侯)에 봉해지는 것보다도, 한 형주를 한

를 기다리며, 부추(鳧趨)[23]를 이루지 못하였습니다. 차라리 푸른 하늘
을 보도록 구름과 안개를 걷어 주시고, 다만 생각하건대 신선의 음악
을 켜며 강설(絳雪)[24]을 실컷 먹고자 합니다.

엎드려 바라옵건대, 잠시 아랫사람을 생각하는 마음을 베푸시고, 어
지러운 마음을 살펴주소서. 칭찬하시되 빈말로 하지 말고 문헌(文憲)
의 청아(菁莪)[25]를 노래하시고, 어려운 점을 살피셔서 삼가 소자의 갈
등을 받으소서. 깊이 한번 돌아보시고, 백붕(百朋)[26]을 거듭 내리소서.

엎드려 오직 커다란 자비와 감찰(鑑察) 내리시길. 제대로 갖추지 못
하고 삼가 올립니다.

임술 중추. 진택(震澤) 야나기 고(柳剛)[27] 머리 숙여 절하며.

번 만나 보는 것이 소원이다."라는 말이 있는 데에서 유래하였음.

23 부추(鳧趨) : 오리걸음처럼 걸어 나가는 것. 곧 신하가 임금 앞에 몸을 굽히고 조심히
걸어 나가는 것을 형용한 말.

24 강설(絳雪) : 신선의 약 이름. 『한무제(漢武帝)』 내전(內傳)에 "선가의 상약에는 현상
(玄霜)과 강설(絳雪)이 있다." 하였음.

25 청아(菁莪) : 청아는 『시경』 소아(小雅) 청청자아(菁菁者莪)의 준말로, 인재를 기르는
것을 읊은 시.

26 백붕(百朋) : 조개 두 개를 붕(朋)이라 함. 많은 돈 또는 재화를 이름.

27 야나기 고(柳剛) : 야나기가와 준고(柳川順剛, 1650~90)의 줄인 이름. 자는 용중(用
中), 호는 진택(震澤), 계조수(溪釣叟)라 함. 기준간(木順庵)의 문하에서 공부하였으며,
아메노모리 호우슈(雨森芳州)를 가르쳤음.

○부사 이 노호(李鷺湖) 공께 드리는 글

엎드려 생각건대, 황화(皇華)[28]를 새로 제수하시니 육조가 뛰어난 후보를 우러르고, 옥절(玉節)을 높이 세우시니 팔도가 우뚝한 재주꾼을 밀었습니다. 도읍이 먼저를 다툼은 경성(景星)과 난봉(鸞鳳)이 처음 나옴을 보는 듯하고, 비바람이 자취를 지킴은 천둥과 교룡(蛟龍)이 문득 흔들리는 것 같았습니다. 값어치는 남금(南金)[29]보다 무겁고, 성가는 북두(北斗)보다 높습니다.

삼가 부사 노호(鷺湖) 이(李) 공 합하는 땅의 질서를 정밀히 알고 하늘의 징표를 민첩하게 깨달아, 소금을 만들고 매화를 피우며 신정(神鼎)의 기운을 고르고, 배를 타고 노를 저으며 드넓은 큰 강을 건넜습니다. 책을 펼쳐 들어 묘리를 열고, 성학(聖學)의 종전(宗傳)으로 돌아가 성명(性命)을 끝까지 닦고 다리를 놓아, 인륜의 밝은 가르침이 이에 세워졌습니다. 문장은 팔대(八代)에 일으키고, 시는 삼당(三唐)을 지나치니, 찬 재와 썩은 풀이 다시 빛을 내고, 흙 북채와 흙 북[30]이 스스로 장단을 골라 나갔습니다. 양원(梁園)[31]에서 문장을 지으니 채색 붓이 휘날리는 기운은 무지개와 같고, 천록(天祿)[32]에서 교묘히 쓰니 청려

---

28 황화(皇華) : 임금의 명을 받든 사신이라는 뜻인 황화사(皇華使)의 준말.

29 남금(南金) : 쌍남금(雙南金)의 준말. 보통의 금보다 두 배의 가치가 나가는 남쪽 지방의 금을 말함.

30 흙 북채와 흙 북 : 원문의 궤부(蕢桴) 곧 흙덩이를 풀로 묶어 만든 북채와, 토고(土鼓) 곧 흙을 구워 틀을 만들고 가죽으로 면을 한 악기.

31 양원(梁園) : 한(漢)나라 양효왕(梁孝王) 유무(劉武)의 정원 이름. 남조 송(南朝宋)의 사혜련(謝惠連)이 이 정원의 설경을 배경으로 설부(雪賦)를 지으면서부터 설원(雪園)이라는 별칭을 갖게 되었음.

(靑藜)의 빛 가운데 눈은 번개와 같습니다. 옛날을 삼키고 오늘을 머금어 동중서(董仲舒)와 최림(崔琳)이 땀 흘리며 달려가 넘어지며, 충성을 바치고 효도를 다하여 증자(曾子)와 마생(馬生)이 점찍어 응당 상을 내릴 것입니다.

일본 땅 그늘 속에서 대대로 꽃을 피우고, 고려[33]의 숲 속에서 얽힌 가지는 음덕(蔭德)을 만들리라.

사신의 행렬 멀리 북해를 건너고, 그 꽃수레 자주 동도(東都)를 가리키니, 초목도 이름을 알고 강산도 **빼어납니다.** 감히 장박망(張博望)[34]이 부질없이 포도(葡萄)를 가져 온 것[35]을 비웃으며, 태사공(太史公)이 거창하게 간책(簡策)을 지은 일과 나란합니다. 여대(礪帶)[36]와 같이 영원히 친교하며, 하늘과 땅처럼 이웃으로 자리를 잡습니다. 말이 머리를 쳐들고 달리는 것처럼 득의(得意)하며, 눈썹을 치뜨며 기쁜 얼굴이

32 천록(天祿) : 한 성제(漢成帝) 말년에 유향(劉向)이 천록각(天祿閣)에서 교서(校書)의 직책을 수행하면서 매일 밤늦게까지 연구에 몰두하였는데, 어느 날 밤 태을지정(太乙之精)을 자처하는 황의 노인(黃衣老人)이 나타나 청려장(靑藜杖) 지팡이 끝에 불을 붙여 방 안을 환히 밝힌 다음 『홍범오행(洪範五行)』 등 고대의 글을 전수해 주고 사라졌다는 전설에서 유래.
33 고려 : 원문의 석진(析津)은 석목진(析木津)의 준말로 고려를 가리킴. 석목은 12성차(星次) 중의 하나인데, 십이지(十二支)의 인(寅)에 해당하여 동방인 우리나라와 요동 일대를 비춰 준다고 여김.
34 장박망(張博望) : 한나라 무제(武帝) 때의 박망후(博望侯) 장건(張騫).
35 포도를 가져 온 것 : 장건(張騫)이 서역(西域)에 사신으로 갔다가 대하국(大夏國)에서 처음으로 포도 씨앗을 가지고 돌아왔다 함. 『史記』 衛將軍驃騎傳·大宛傳.
36 여대(礪帶) : 공신(功臣)을 봉(封)해 주는 맹세의 말 '산하여대'를 줄인 말. 황하의 물이 띠[帶]와 같이 줄고, 태산이 숫돌같이 작게 되도록 영원히 서로 나라를 보전하여 후손에게까지 미치게 하자는 것.

됩니다.

저는 시골의 작은 학자요 이 세상의 보잘 것 없는 재주꾼으로, 행동
과 능력이 박속(樸遫)하여, 따오기 새기기를 싫어하는 마음을 품고[37]
글을 닦았으나, 겨우 벌레 기어가는 정도나 쓰는 기술을 익혔습니다.
문부(蚊負)[38]는 쉽게 떨어지고, 오궁(鼯窮)[39]은 무엇에 보탬이 되겠습니
까. 부평 같은 생애 20년 오서(鼯棲) 3천 리에, 서울로 들어가기 두려워
멀리 사형(士衡)[40]의 뛰어남을 사양하고, 제교(題橋)[41]함은 사마상여(司
馬相如)의 부류가 아닙니다. 금근(金根)[42]은 자주 틀리고, 철연(鐵硯)[43]

---

37 따오기 새기기를 싫어하는 마음을 품고 : 따오기는 새기다가 제대로 안 되더라도 비슷
   한 집오리 정도는 된다는 뜻으로, 용백고(龍伯高)는 사람됨이 중후하고 빈틈이 없었는데,
   한(漢)의 마원(馬援)이 자기 조카들을 경계하면서 이르기를, "용백고를 본받다가 그대로
   안 되더라도 조심성 있는 선비는 될 수 있으니, 이른바 따오기를 새기다가 제대로 안
   되더라도 집오리 정도는 된다." 하였음.
38 문부(蚊負) : 모기로 산을 지게 한다[使蚊負山]는 데서 온 말로, 곧 과중한 부담을 뜻
   함. 『장자(莊子)』 응제왕(應帝王).
39 오궁(鼯窮) : 다람쥐는 다섯 가지 재주로도 가난하다[梧鼠五技而窮]는 데서 온 말. 『순
   자(荀子)』 권학(勸學).
40 사형(士衡) : 서진(西晉) 오군(吳郡) 오현(吳縣) 사람 육기(陸機)의 자. 문재(文才)로
   당대에 이름이 높았음.
41 제교(題橋) : 성도(成都) 사람 사마상여(司馬相如)가 일찍이 장안(長安)으로 가는 길
   에 성도의 성 북쪽에 있는 승선교(昇仙橋)에 이르러 그 다리 기둥에 "고거사마를 타지
   않고서는 다시 이 다리를 건너지 않겠다.[不乘駟馬高車 不復過此橋]"라고 써서 기필코
   공명을 이루겠다는 자신의 포부를 밝혔는데, 뒤에 그의 뛰어난 문장 실력을 한 무제(漢武
   帝)에게 인정받고 출세한 데서 유래한 말.
42 금근(金根) : 당(唐)나라 한퇴지의 아들 한창이 집현전 교리(集賢殿校理)로 있으면서
   서책을 교정할 때 금근거를 금은거로 그릇 고쳤던 바, 사람들이, 훌륭한 아버지를 두고도
   그런 실수를 했느냐고 비웃었던 고사. 금근거는 수레의 별칭.
43 철연(鐵硯) : 오대(五代) 시대 진(晉)나라 상유한(桑維翰)이 처음 과거(科擧)에 응시하
   려 했으나, 주사(主司)에게 상(桑)과 상(喪)이 동음(同音)이라 하여 응시를 거절당하자,

은 곧 뚫어질 것이며, 박 넝쿨은 억지로 스스로를 버리지 않고, 기왓
장도 더러 빛을 냅니다. 높은 이름이 쩡쩡 울림이 번개가 온 땅을 흔
드는 것 같고, 깃발이 눈을 가림은 혼탁한 세상에서 황하가 맑아지기
를 기다림과 비슷합니다. 콸콸 흘러가는 강과 바다의 물이 어찌 괸 물
의 작은 물고기를 받아들이지 않겠으며, 우뚝 솟은 산봉우리의 땅은
밟아온 구릉을 쌓아 있습니다.

　넓은 자비에 의지하여, 널리 용문(龍門)을 여시어 반면식(半面識)[44]을
허락해 주시고, 서복(鼠腹)[45]을 살피시어 한 번의 인연을 내주십시오.
헤매는 자를 가엾이 여기시고 약을 써서 내리시고, 쌓으신 덕망으로
편로(扁盧)[46]에게서 치료 받게 해 주시고, 쓸모없는 사람을 장석(匠
石)[47]에게서 다듬을 기회를 만나게 해 주십시오. 오직 깊이 감격하나
함께 모실 길이 없고, 짧은 편지를 다듬어 삼가 자그마한 마음을 바칩
니다. 엎드려 바라건대, 옥함(玉函)과 금봉(金封)이 일찍이 두 나라의

어떤 사람이 그에게 굳이 과거를 볼 것이 아니라 다른 길로 벼슬길을 구하라고 권하므로,
그는 개연히 〈일출부상부(日出扶桑賦)〉를 지어서 자기의 뜻을 나타내고, 또 철연(鐵硯)
을 만들어 남에게 보이면서 말하기를, "이 벼루가 뚫어지면 내가 다른 길을 통해서 벼슬을
하겠다."고 했는데, 그는 끝내 과거에 급제하여 벼슬을 했다는 고사가 있음. 즉 의지가
견고하여 본업(本業)을 끝내 바꾸지 않는 것을 비유한 말.

44 반면식(半面識) : 후한(後漢) 응봉(應奉)이 수레 만드는 장인의 얼굴을 반쪽만 얼핏
　보았는데도 수십 년이 지난 뒤에 길에서 만나보고는 바로 알아보며 반갑게 불렀다는 '반
　면지식(半面之識)'의 고사가 있음.

45 서복(鼠腹) : 사복피(鼠腹皮)로 대(帶)나 대요(臺腰)를 만듦.

46 편로(扁盧) : 편작(扁鵲).

47 장석(匠石) : 초나라 사람. 상대방의 코끝에다 하얀 흙을 얇게 발라 놓고는 자귀를 바람
　소리가 나게 휘둘러[運斤成風] 그 흙만 떼어 내고 상대방은 다치지 않게 했다는 이야기가
　있음.

풍성한 예의를 다하였고, 자수(紫繡)와 녹포(綠袍)가 길이 천년의 큰 복에 부응할 것입니다.

엎드려 오직 커다란 자비와 감찰(鑑察) 내리시길. 제대로 갖추지 못하고 삼가 올립니다.

연월일과 성명은 앞과 같음.

○종사관 박 죽암(朴竹菴) 공께 드리는 편지

별 같은 행렬이 은하수를 넘고 신선의 수레가 구름을 뚫고 오시는데, 더위를 무릅씀이 너무 가혹합니다. 오직 합하는 큰 덕에 중망(重望)을 입어, 무예로는 기룡(夔龍)[48]을 접하고 날개는 조정의 반열에 나아가, 하늘과 사람이 서로 돌아보며 먼 길을 달리고 달리시니, 하시는 일마다 만복이 깃들어 기쁘기 그지없습니다.

저는 작고 누추한 고을의 하잘 것 없는 선비로, 어찌 두루 성명을 나눌 수 있겠습니까. 그러나 덕을 사모하는 마음으로 배고파 먹고 목말라 마시는 것과 다르지 않습니다. 분수와 지위를 돌아보니 더욱 차별되어, 이로 말미암아 감히 외람되게 진알(晉謁)을 무릅쓰지 못합니다.

옛날에 의봉인(儀封人)[49]이 공자를 뵙기 청하면서, "군자가 이곳에

---

48 기룡(夔龍) : 순(舜) 임금의 악관(樂官)이었던 기(夔)와 간관(諫官)이었던 용(龍)의 병칭으로, 임금을 측근에서 보좌하는 신하를 뜻함. 『書經』 舜典.
49 의봉인(儀封人) : 의(儀)의 초소 관리. 숨어 사는 의인으로 보이는데, 공자를 뵙고 '하늘의 목탁이 되리라'고 했던 사람.

이르렀으나 나는 만나 뵙지 못했습니다."라고 말했습니다. 대개 스스
로 평소에 뵙지 못했다고 말한 것은 어진 이와의 만남이 끊어진 것이
고, 유비(孺悲)가 물러난 바요 양화(陽貨)가 만나지 못한 것입니다. 그
의로움의 높낮이와 크고 작음을 어찌 감히 의봉인에 비교하리오. 저
는 비록 각하보다 민첩하지 못하나 반드시 유비·양화가 거절했던 데
에 이르지는 않을 것입니다.

저는 못난 사람으로 실오라기만한 장점50도 없고, 늘 사립문 아래
움츠리고 살면서 토원(兔園)51의 책자를 지키며, 병을 안고 거친 데를
다스리며 마음에 두는 것밖에는 바라지 않습니다. 이른바 발길은 공경
(公卿)의 문을 밟지 않고, 이름은 사대부의 입에 바로 잡히지 않게 벌써
몇 년을 살아왔습니다. 시비(是非)는 감히 뜻을 높이고 세상을 오만하
게 보며, 스스로 항안(抗顔)52하는 바가 있었습니다. 비유컨대 여린 깃
으로 가지에 깃듦이니 높이 솟아 날지 못하고, 홀로 연연하며 쓸쓸해
하고 있습니다. 또 어찌 붕새가 하늘을 날아가며 천리마가 땅을 박차
는 것을 알겠습니까? 사신의 깃발이 도성에 임하니 경성(景星)53이 맑

---

50 실오라기만한 장점 : 멸선지장(蔑線之長)의 번역. 재주 짧은 것을 의미한 말임. 촉(蜀)
  나라 한소(韓昭)가 금기서화(琴棋書畫)를 두루 대강 섭렵했는데 이태하(李台瑕)는 말하
  기를, "한씨의 재주는 보선을 풀어 놓은 실오리 같아서 하나도 긴 것은 없다." 하였음.
  『쇄언(瑣言)』.
51 토원(兔園) : 곧 한(漢)나라 양 효왕(梁孝王)의 동원(東苑)
52 항안(抗顔) : 당(唐)나라 유종원(柳宗元)의 〈답위중립논사도서(答韋中立論師道書)〉
  에, 괜히 스승으로 자처하여 세상의 비난을 사려고 하지 않는 때에 유독 한유(韓愈)가
  과감하게 나서서 사설(師說)을 짓고 안색을 엄하게 하며 스승으로 나섰다는 '항안위사(抗
  顔爲師)'에서 따옴.
53 경성(景星) : 태평 시대에만 나타난다는 별. 경성과 봉황(鳳凰)을 합쳐 성봉(星鳳)이라

은 하늘에서 빛나는 것 같고, 달음박질치는 아이들이 다투어 먼저 보기를 즐거워하나, 저 홀로 근심 없이 뜻을 내볼 수 있겠습니까? 하물며 여관은 지척이고 문간에 선 자는 구구하게 사사로운 정을 말하며, 마침내 스스로 우러르지 않고 다만 지위의 높고 낮음으로 따지니, 어떻게 해야 할지 모르겠습니다. 비록 그러나 어진 이를 기다리는 마음은 어찌 의방인과 다르겠습니까. 스스로 의방인의 어짊이 없음을 부끄러워하며, 이에 거친 글 한 편을 지어 바치니 웃으며 받아주십시오.

더욱 그 의를 살피고 어리석음을 어여삐 여기시고 잘못 드리는 것을 정으로 읽어주시면 진실로 더 바랄 것 없는 영광이겠습니다.

연월일과 성명은 앞과 같음.

○학사 성 취허(成翠虛) 공에게 드림

지난번에 처음 만나 뵙고 지나치게 대접을 받았습니다. 마음을 일으킨 바는 아직 깨닫지 못하고, 도는 아직 미치지 못했으니, 간절한 마음으로 이에 가르침을 바랍니다. 진실로 예부터 바랐으나 듣지 못한 것을 하루아침에 집사께 얻었습니다. 아, 옛사람의 바름은 이런 것입니까. 자갈돌을 가지고 놀아도 오연(五淵)[54]을 살피지 못하면 여의주를 가진 용(龍)이 서려 있음을 알지 못하고, 작은 고을에 살면서 윗나

고도 함. 한유(韓愈)의 〈여소실이습유서(與少室李拾遺書)〉에, "조정의 선비들이 목을 빼고 동쪽을 바라보면서, 마치 경성과 봉황이 처음 나타난 것처럼 다투어 먼저 보며 흐뭇하게 여겼다.[朝廷之士引頸東望 若景星鳳凰之始見也 爭先覩之爲快]"라는 말이 있음.
54 오연(五淵) : 미상.

라를 보지 못하면 영웅의 발자취를 알지 못합니다. 저는 얕은 재주에 꼴은 형편없어 어떻게 살피고 알 수 있을는지요. 오직 짧은 편지로도 넘쳐나서 남에게 움직일 수 있는 것은 비록 제가 알지 않으려고 해도 알게 되고야 말 것입니다. 이에 집사의 은성한 도덕을 더욱 믿어 지식은 큽니다. 집사께서는 저를 잘못 일러 문장이 볼만하다 하시지만, 부끄러워 땀이 흐르고, 스스로 풀 수 없어 구차히 성의를 저버리고 지기(知己)를 욕되게 할 뿐만이 아니라, 저의 정이 부족함을 돌아보니 감히 다시 평안하지 못합니다.

　옛사람이 어찌 문장에 뜻을 두었습니까. 오직 도를 닦음이요, 깊이 그 덕을 쌓음이요, 독실하게 안으로 길러 밖으로 펼쳐내니, 어쩌지 못한 다음에야 문장을 빌려 나타냅니다. 당우(唐虞) 이상은 멀어서 징험할 수 없으나, 『시경』과 『서경』 수십 편을 보면, 웃고 우는 소리를 모두 깨닫고 문물의 떳떳함을 바로 썼으며, 만약 몸소 조정에 서면 그 말을 친히 들었습니다. 주(周)나라가 법도를 지음에 이르러서는 크게 갖추어져, 공자가 그 문장을 일컬었고 특히 예악과 경륜의 성대함을 감탄하였습니다. 이로써 아송(雅頌)의 읊은 바, 고명(誥命)의 드리운 바, 『주역』과 『예기』의 논한 바가 화합하고 공손하며 너그럽고 촘촘하며 간결하고 밝으며 엄하고 바르며 정결(靜潔)하고 정미(精微)해, 검소 겸양하고 장경(莊敬)[55]하여 이직(易直)[56]과 정대한 마음이 생깁니다. 『춘

55　장경(莊敬) : 『주역』에 나오는 말. 퇴계는, "장(莊)은 용모를 주로 하고, 경(敬)은 마음을 주로 한 것"이라 함.
56　이직(易直) : 악기(樂記)에 악(樂)을 일으켜 마음을 다스리면 이직자량(易直子諒)한 마음이 유연(油然)히 생긴다고 하였음. 자는 자애(子愛) 양은 성신(誠信) 이는 화평(和

추』를 지음에 쓸 것은 쓰고 삭제할 것은 삭제해, 한 글자의 칭찬이 제왕보다 영화롭고 한 글자의 비판이 쇠도끼보다 엄했으니, 다만 이것은 당시의 실사(實事)요 진실로 옛 역사로 말미암아 쓴 것입니다. 무릇 이 몇 가지가 일찍이 문장에 뜻을 둔 것이 아니라 드디어 천만세의 저울과 거울을 만든 것입니다.

공자가 돌아가시고 여러 사람이 책을 썼는데, 많은 이는 백여 편이요 적은 이가 수십 편이나, 그 도덕(道德)과 공업(功業)은 성인에게 미치지 못하고, 그 마음도 일찍이 문장에 있지 않았습니다. 하나로 도덕을 밝히 설명하려 하나 윤상(倫常)은 기강(紀綱)으로 나오는 까닭에 말이 되면 그만이었습니다. 자유(子游)와 자하(子夏)의 무리가 문학(文學)으로 일컬어졌으나, 그 말한 바는 모두 효제인의(孝悌仁義)의 실지를 말하는 데 그치고, 감히 부화(浮華)한 말은 한 마디도 하지 않았으니, 이는 곧 예로부터 이른 바 문(文)이란 알 수 있다는 것입니다.

한(漢)나라 이후로는 호걸 찬 선비들이 줄지어 나와, 한갓 문장으로 일을 삼고 함부로 저술을 하며 굉장한 말로 널리 의논하여 숨은 것을 찾아내고 멀리까지 나아갔습니다. 깊이 숨은 글자를 찾아 모으고, 괴이한 말을 장황히 펼쳐, 당시로서는 아름다운 평을 듣고 후세에는 신뢰를 얻으려 하였습니다. 사마상여(司馬相如)와 양웅(揚雄) 같은 이가 특히 그 우두머리입니다. 비록 그렇지만 이른 바 도(道)에 맞고 덕(德)에 이르기를 지극히 구하여도 적막하여 다시 들을 수 없습니다. 이로

주) 직은 정직으로 풀이하겠는데 좋은 악으로 정감(情感)을 도야하여 마음을 바로 닦으면 이 네 가지의 마음의 용(用)이 저도 모르게 왕성하게 솟아난다는 것임.

부터 후학들이 서로 멀어지고 엉성하게 익혀 고문(고문)을 아는 이가
없고, 육조(六朝)[57] 이래 오계(五季)[58]에 이르도록 화려하고 섬세하며
꾸밈만 지극해, 천하에 가득 찬 풍조가 비유컨대 여러 꽃들이 피어난
것과 같고, 늦봄의 요염한 빛이 비록 눈에 보이기는 하나 뜻을 일으키
지 못하고 사라지는 것은 비유컨대 기기(驥驥)[59]가 저물 무렵을 맞이
한 것과 같습니다. 진보하기가 자못 빠르나 신기(神氣)는 점점 모자라
고, 드디어 전할 만한 말이 없어지게 되었습니다.

당(唐)나라 창려(昌黎)[60] 씨가 육경(六經)[61]의 빠진 것을 일으켜 세운
뒤, 도(道)를 자신의 임무로 삼아 분연히 깎아내고 씻어내 힘써 허약함
을 물리쳐, 한번 바른 데로 돌이키고자 하였습니다. 그 문장의 길고
짧음, 풀고 맺음, 열고 닫음, 누르고 높임, 신이함의 만상(萬狀)이 나가
고 들어가기가 신출귀몰하듯 하여, 높이 솟아 올라가며 연원을 찾아
깊게 하고, 천지를 움직이며 고금을 밝게 비춰, 이를 가지고 성인의
도를 삼음은 오직 여기에 있습니다.

도가 문장에 잡히지 않음은 송(宋)나라의 융성함입니다. 여릉(廬
陵)[62]의 단아 온후함, 간산(看山)의 웅혼 유전함, 임천(臨川)과 남풍(南

---

57 육조(六朝) : 중국(中國)의 왕조(王朝) 이름. 오(吳), 동진(東晋), 송(宋), 제(劑), 양
(梁), 진(陳)의 총칭(總稱).

58 오계(五季) : 중국(中國)의 '후오대(後五代)'를 다섯 왕조(王朝)가 자주 갈린 말세라는
뜻으로 일컫는 말

59 기기(驥驥) : 몹시 빨리 달리는 말. 현인(賢人)을 비유(比喩)하여 이르는 말.

60 창려(昌黎) : 한유(韓愈)

61 육경(六經) : 여섯 가지 경서(經書). 시(詩) · 서(書) · 예(禮) · 역(易) · 춘추(春秋)만 남아
5경이라 하고, 악(樂)이 없어짐.

豊)[63]의 직절 평이함은 서로 스승과 제자로 도와 좋은 데로 인도하여
한 시대의 머리가 된 것입니다. 그 조예(造詣)의 요체는 또 창려 씨의
한 부류라 할 것입니다. 염락(濂洛)[64]과 관민(關閩)[65] 여러 군자는 천년
을 전하여지지 않는 계통을 이어 사물을 따지고 이치를 다하며, 유현
함을 열고 기미를 들춰, 더욱 밝고 더욱 빛나게 하였습니다. 학문을
논하는 데는 반드시 하늘의 덕에 이름을 근본으로 삼고, 정치를 논하
는 데는 반드시 왕도를 행하는 것으로 높였습니다. 빛을 내는 데는 넘
치기가 마치 봄볕의 따스함 같고, 글을 써내는 데는 뜨기가 마치 술을
빚는 누룩과 같았습니다. 하늘과 사람의 사리(事理), 안팎의 정밀함과
성김을 하나로 꿰뚫어 일었다 할 만 합니다. 익는다는 것은 얼마나 어
려운 일입니까.

　뛰어나기가 창려 씨 같은 몇 사람은 일생의 힘을 다 붓고 도가 문장
에 잡히지 않았습니다. 이와 같이 정대하기로는 염락 같은 여러 사람
같이 천년의 비밀을 내도 문장이 도를 이기지 못했습니다. 이와 같이

---

62 여릉(廬陵) : 송대의 문신 호전(胡銓 : 1102~1180)을 말함. 여릉(廬陵) 사람. 소초(蕭
　楚)에게 『춘추(春秋)』를 배웠으며, 호안국(胡安國)에게도 수학하였다. 금나라와의 화친
　을 적극 반대한 대표적 척화론자. 저서에 『역해(易解)』, 『서해(書解)』, 『담암집』 등이
　있음.

63 임천(臨川)과 남풍(南豊) : 남조(南朝) 송대(宋代)의 문인 사영운(謝靈運)이 임천 내사
　(臨川內史)를 지냈으므로 사 임천이라 하고, 남풍은 송(宋)나라의 문인 증공(曾鞏)의 별
　호임.

64 염락(濂洛) : 염계(濂溪)의 주돈이(周敦頤)와 낙양(洛陽)의 정호(程顥)를 뜻하나, 대
　체로 성리학 일반을 가리킴.

65 관민(關閩) : 관중(關中)의 장재(張載), 민중(閩中)의 주희(朱熹) 등 송나라 성리학
　자들.

지금 누가 합하여 하나로 할 수 있겠습니까.

　고문은 죽어서 드디어 들 수 없으니 어떻게 하면 좋겠습니까. 물고
기도 내가 가지고 싶고, 곰발바닥 또한 내가 가지고 싶을 때, 두 가지
를 다 얻을 수 없다면, 물고기를 버리고 곰발바닥을 취하는 것은 왜입
니까? 그 소중함이 여기에 있고 저기에 있지 않기 때문입니다.

　천지가 원회(元會)[66]에 이르러 청명하고 순수한 기운이 이 땅 어디
에도 없는 곳이 없으니, 해와 달이 짝을 이뤄 밝아 그 정도를 잃지 않
고, 바람과 비가 따라와 그 시절을 어기지 않으며, 산과 강이 빼어나
그 위치를 바꾸지 않습니다. 용과 봉황이 그림으로 그려져 상서로움
을 드러내며, 호랑이와 표범이 빛나게 모습을 나타냅니다. 구름과 안
개가 꾸민 빛은 서공(書工)의 재주를 뛰어넘으며, 초목에 핀 꽃은 금장
(錦匠)의 솜씨를 기다리지 않습니다. 이에 어찌 겉으로 꾸미겠습니까.
대개 호연(浩然) 사연(使然)할 따름입니다.

　이제 저 사람의 사물에 있어서 각각 그 곡절을 다하면 어떤 한계가
있으며, 요컨대 삼강육기(三綱六紀)로 몸을 닦음과 집안을 다스림에 지
나지 않으니, 여기서 나와서 가고, 넓히고 유추하고 힘을 써서 그 뿌
리를 튼튼히 하고 그 바탕을 굳게 한다면 말이 터져 나오고, 생각하여
순수 단정함을 기다리지 않고도 스스로 법에 족한 것입니다. 그러므
로 인의(仁義)한 사람은 그 말이 넉넉하니, 비록 불가능하더라도 저는

66　원회(元會) : 송(宋)나라 소옹(邵雍)이 주장한 '원회운세(元會運世)'의 설에 나오는 용
　어로, 이 세계가 생성했다가 소멸하는 1주기(周期)를 말함. 그의 학설에 따르면 30년이
　1세(世), 12세가 1운(運), 30운이 1회(會), 12회가 1원(元)이니, 일원은 모두 12만 9600년
　이 되는 셈임.

따르려 합니다. 이로 말미암아 보건대 그 문장은 차라리 질박하고, 그 기술은 차라리 서툴러야 합니다. 내가 이 말을 머릿속에 둔 지 오래되었습니다. 말이 좋고 좋지 않음을 제가 어떻게 가르리오. 만약 임금 노릇을 요순(堯舜)처럼, 신하 노릇을 이주(伊周)처럼 하여, 천지의 정기를 떨치고 백성의 기강을 바로 하며 이 세상의 풍속을 밝게 하면 이 도를 지극한 경지에 떨칠 것입니다. 저 같은 소인이 미칠 바 아니어서, 이런 까닭에 평소에 녹녹히 세상과 더불어 감히 구구하게 문장을 한다 하지 않았습니다. 무릇 감촉(感觸)이 있어 사이사이 부득이 해 보았던 것입니다. 그 뜻을 싫어하지 않고 쓰임에 주신다면 어찌 다시 도와 문장을 바라겠습니까.

사신의 행렬이 이 도읍에 이른 것은 천년에 한번 만날 기회입니다. 하물며 겸손히 대해주시고 외람되이 알아줌과 사랑을 받았습니다. 제가 생각하고 있는 바를 말하지 않는다면 어찌 비루한 생각을 구구하게 나타내 보일 수 있겠습니까. 군자에게 물어서 몇 마디 말을 드렸는데, 지루한 데 빠지는 줄도 모르고 오직 양해를 얻어 삼가 시 몇 편을 드리니, 찬삭(竄削)을 베풀어주시길 바랍니다. 그밖에 짧은 편지 세 통을 정사 윤 공·부사 이 공·종사 박 공에게 올려서, 각각 봉투에 제목을 달아 신분과 지위의 높음에 따라 부쳤습니다. 저는 몇 번이고 열어보고 곧 그만둘까 하였는데, 다만 외로이 다소 슬픈 마음으로 그만두지 못하였습니다. 집사께서는 비루하다 여기지 마시고, 세 분 사신이 계신 곳에 전달해 주십시오. 이같이 베풀어 주시니 천만이라도 다시 뵙기를 바라겠습니다. 불선(不宣).

○봉주시(蓬洲詩)의 서문을 편지로 부침

저의 집은 본디 조선이고 공께서는 일본에서 태어나, 한 사람은 하늘 끝에 있고 한 사람은 땅 끝에 있는데, 큰 바다 사이의 길이 겨우 뚫렸으나 두 고장의 영향이 서로 접하지 않는 것은 이치가 그러합니다. 오직 이제 두 나라가 사신을 보내고 맞으매, 저는 헛된 영예로 가득하나 외람되이 막부에 가는 사신으로 뽑혀, 이 가없는 바다를 건너 그대 나라의 남포(南浦)에 배를 댔습니다.

여러 날 이 나라의 맑은 땅에 손님이 되어, 두루 봉산(鳳山)과 이수(伊水)의 사이에 다니고, 차례차례 호거(虎踞) 용반(龍盤)의 기이하고 화려한 땅을 보았으며, 또 웅장한 성곽과 누대 그리고 뛰어난 기상과 무척 잘 사는 백성 그리고 노래 소리가 하늘을 끓게 하는 것을 관찰하였습니다. 좌우로 살펴보니 성군과 충신의 옛 자취를 생각나게 하고, 시인과 선비의 남긴 분위기 같았습니다.

우주를 굽어보아 스스로 가슴 속이 시원해져 응어리가 없다 하고, 모든 선비들과 더불어 붓을 잡고 먹을 놀려, 화려한 숙소에서 손뼉을 치며 웃고, 돌처럼 쌓인 나그네길 회포를 크게 풉니다.

무엇보다 쓰시마의 서기 가와우치(河內)의 고야마 토모조(小山朝三) 공은 나를 위하여 한 뛰어난 선비를 소개해 마루 위로 모셔 들였는데, 그 모습이 헌걸차고 그 눈빛이 빛나며, 몸은 심히 여위었으나 행동은 단아하고 기품이 엄숙 공경했습니다. 나는 마음으로 존경하여 일어나 인사하고, 말이 끝나기 전에 벌써 매임이 없는 재주에 비할 데 없는 나라의 선비임을 알았습니다. 이어서 그의 고향과 성명을 물었더니,

곧 야나기가와(柳川) 공이라 알려주었습니다.

공은 기노시타 준간(木下順菴)의 수제자로, 뇌뢰낙락(磊磊落落)[67]한 큰 뜻이 있었습니다. 어진 스승의 지도 아래 공부하며, 육예(六藝)의 숲에서 노닐고, 백가(百家)의 가르침에 젖었습니다. 그 이룩한 것은 헤아릴 수 없습니다.

자리에 앉자마자 틈틈이 써 놓은 원고를 보여주며 제게 주었습니다. 저는 원고를 열어 다 읽기도 전에 불현듯 입안이 서늘해지며, 온몸이 상쾌해짐이 마치 삼위(三峗)[68]의 이슬을 씹는 것 같았습니다. 깊은 경지를 살피니 고고(高古)한 문장으로 수사(洙泗)[69] 염락(濂洛)에 근원하고 있었습니다. 문장의 작은 기술에는 태연합니다. 제가 그 문장을 읽어 그 사람을 알겠으니, 어찌 깊지 아니한지요.

저는 막부의 일이 바빠 답장을 하지 못하고 있는 사이, 안 신재(安愼齋) 공이 또 야나기가와의 화답시와 매우 긴 오언고시를 가지고 와 제게 보여주는데, 일손이 바쁘나 봉투를 열어 읊어보니, 반이 되기도 전에 종이 가득 여의주의 빛깔이 한밤중에 울리고, 가득한 푸른 옥의 빛이 숙소에 비추었습니다. 아름답구나, 범범(氾氾)[70]함이여.

---

67 뇌뢰락락(磊磊落落) : 뜻이 고상하고 원대하여 잗단 일에 구애받지 않는 것을 말함. 『진서(晉書)』 석륵재기(石勒載記)에 "대장부의 행사는 의당 뇌뢰락락하여 마치 일월처럼 명백해야 한다.[大丈夫行事 當磊磊落落 如日月皎然]"는 구절이 있음.
68 삼위(三峗) : 신선이 산다는 전설 속의 산.
69 수사(洙泗) : 중국 산동성(山東省) 곡부(曲阜)를 지나는 두 개의 강물 이름으로, 이곳이 공자의 고향에 가깝고 또 그 강물 사이의 지역에서 제자들을 가르쳤기 때문에, 보통 유가(儒家)를 뜻하는 말로 쓰임.
70 범범(氾氾) : 범범(汎汎)과 같은 뜻으로, 어느 한쪽으로 치우치지 않는 중용(中庸)의

비록 옛사람의 수사(修辭)가 정성을 다하고, 철장(哲匠)[71]의 주좌(珠坐)가 옥과 같아도, 비유컨대 오봉루(五鳳樓)[72]를 짓던 고수라 한들 마땅히 풍헌(風軒)의 아래에 있겠습니다.

저는 만 리를 바다 건너 온 나머지 늘 노곤하여 자산(子産)과 숙향(叔向)이 호저(縞紵)로 보답한 일[73]을 본받지 못하였으나, 다만 한 편의 거친 글을 보내 만의 하나라도 보답하고자 합니다. 비유컨대, 화박(和璞)에 연석(燕石)이요, 용천(龍泉)에 연도(鉛刀)라 하겠지요. 그 값어치의 귀천은 논할 겨를이 없습니다. 간략히 대강만을 위와 같이 씁니다.

임술년 중추 조선통신사 제술관 성 취허(成翠虛)가 서경(西京)의 숙소에서 씁니다.

진택(震擇) 선생의 사선(謝扇) 두 수는 다른 책에 실음.

소리를 말함.

71 철장(哲匠) : 문장과 재능이 출중한 대신을 말함.

72 오봉루(五鳳樓) : 송(宋)나라 한계(韓溪)가 자기 형인 한부(韓溥)의 글 솜씨는 겨우 비바람을 막는 초가집을 짓는 실력인 데 비해, 자신의 문장 솜씨는 오봉루를 지을 만하다고 자찬(自讚)한 고사에서 나옴.

73 자산(子産)과 숙향(叔向)이 호저(縞紵)로 보답한 일 : 여기서 숙향은 오나라 계찰(季札)의 잘못. 계찰이 자산에게 호대(縞帶)를 주자 자산은 저구(紵裘)를 주었음. 오나라는 호(縞)를 소중히 여기고, 정(鄭)나라는 저(紵)를 소중히 여김. 각각 귀한 것을 준 것임.

○삽계문고(雪溪文稿) 서

내가 사신으로 일본에 가서 이곳저곳 오가며 어진 선비를 만난 바 벌써 수백 명에 이르렀다. 문단과 학계에서 글을 쓰고 재능을 겨룬 지 몇 달이 되었다. 거벽(巨擘)으로 한 사람을 만났는데, 기노시타 준간(木下順菴) 공으로, 세상에 박학과 문장으로 이름이 알려져 있고, 그러면서 문하의 한 사람을 만났는데, 삽계(雪溪) 야나기가와(柳川) 공이다.

공은 어려서부터 빼어난 재주로 준간에게서 배우고 그 연원을 모두 얻어, 안으로는 경사(經史)를 익히고 밖으로는 문장으로 나타냈다. 깊이 이치를 탐구하여 닦아 여러 해가 지났는데, 높음이 산과 같고 크기가 바다와 같으며 밝기가 해와 달 같고 그윽함이 신의 경지이며 섬세하기가 초목의 꽃과 열매 같아, 마음껏 읊어 사물을 노래하며, 괄낭(括囊)[74]에도 정곡을 맞추지 않음이 없어 범범히 대국의 풍을 갖추었다. 그 사이에 황초(黃初) 개천(開天)[75] 때와 같은 하늘의 소리와 세상의 빛이 있어, 어진 스승의 기대에 부끄럽지 않았다. 이제 나아가 잘 우는 자로 나라의 번성을 크게 울릴 것이다.

아, 나는 장미꽃 이슬로 손을 씻고[76] 받들어 읽지 못함을 안타까워한다. 내가 벌써 삽계와 더불어 마음으로 친해진 지 오래되었다. 이제

---

74 괄낭(括囊)의 시대 : 자신의 재지를 속에 감추고 침묵을 지켜야 하는 암울한 시대를 말한다. 『주역(周易)』 곤괘(坤卦) 육효(六爻)에 나온다.

75 황초(黃初) 개천(開天) : 위(魏)나라 황초(黃初) 원년(220)에 비로소 태학(太學)을 여니 제생(諸生)이 1천 명이나 되었던 일을 끌어 온 듯함.

76 장미꽃 …… 씻고 : 벗에게서 온 편지를 공경하여 읽는다는 뜻. 『운수잡기(雲水雜記)』에 "장미꽃 이슬로 손을 닦고 나서 서신을 읽는다.[先以薔薇露 灌手然後讀]"하였음.

멀리 헤어지게 되어 간절한 요청을 거듭하니, 이별을 앞두고 붓을 들어 쓰노라.

용집(龍集)[77] 현묵엄무(玄黙閹茂)[78] 국월(菊月)[79] 하순, 조선의 취허거사가 서(序)하다.

○또 성 학사에게 보내는 편지

아름다운 꽃이며 우거진 나뭇잎이여, 사람이 보고서 봄바람이 닿는 곳은 오직 복사꽃이라 합니다. 그윽한 옥이며 쇠를 뚫음이여, 사람이 보고서 가을 이슬이 서리는 곳은 오직 국화라 합니다. 하늘이 만물을 만들매 털끝만한 사심이 있었습니까. 그러나 순박(純駁)과 후박(厚薄)의 구분은 때 그리고 만물의 선함과 선하지 못함에 따를 뿐입니다. 이제 공의 시를 보니 청신(淸新) 아건(雅健)하여 세상에서 나와 하늘을 넘볼 만합니다. 어찌 모든 신령하고 빼어난 것을 모아 공에 주었단 말입니까.

관휴(貫休)[80]는, "하늘과 땅에 맑은 기운 / 흩어져 시인의 창자로 스며든다."라고 하였는데, 시인에게 들어가면 시가 되고, 문사에게 들어

---

77 용집(龍集) : 용(龍)은 별[星] 이름이고, 집(集)은 자리[次]의 뜻으로 기년(紀年)에 쓰이는 말. 예를 들면 용집갑오(龍集甲午)는 즉 세차갑오(歲次甲午)라는 뜻.
78 현묵엄무(玄黙閹茂) : 지지(地支) 중 현묵은 임(壬), 엄무는 술(戌)의 별칭. 곧 임술년.
79 국월(菊月) : 음력 9월을 말함.
80 관휴(貫休) : 오대(五代)의 중으로, 속성은 강씨(姜氏), 자는 덕은(德隱)임. 불상을 잘 그리고 글씨를 잘 썼으며, 특히 시를 잘 지었음. 촉(蜀)의 임금 왕건(王建)은 그를 존대하여 선월 대사(禪月大師)라 불렀음.

가면 문장이 됩니다. 덕이며 재주며 시가 되고 문장이 됩니다.

나와 공이 서로 본 지 얼마 되지 않아 훈자(薰炙)가 미흡하나, 공은 너무 높이 쌓여 일찍이 조리 있는 가르침을 얻지 못하고, 다만 그 시를 보며 공이 시를 잘 쓰는 분이라 생각했습니다. 이는 어찌 봄의 복사꽃과 가을의 국화만 알고, 매화와 난초 그리고 소나무와 대나무가 각기 맑은 기운을 받아 꽃을 피우고 빛깔을 머금고 있음을 알지 못하는 것과 무엇이 다르겠습니까. 비록 그러나 옛사람이 한 숟가락으로도 솥 안의 국물 맛을 다 아는 것은 마음 씀이었습니다. 공의 도학과 덕업은 그 이른 바를 어찌 헤아리지 못 하랴만, 알고 모르고는 저 같은 천한 사람에게 달려 있을 뿐, 공에게 어찌 더하고 덜함이 있겠습니까.

○이 붕명(李鵬溟)에게 보내는 편지

화답해 주신 6수를 훈목(薰沐)[81]하고 받들어 읽으니, 한 편이 한 편보다 공교롭고 한 격이 한 격보다 높았습니다. 안개와 구름의 변화가 본디 정한 모양이 없듯, 이로 말미암아 생각하자니 족하는 온유화후(溫柔和厚)함이 가득 피어올라 마치 봄과 같았습니다. 군신의 의리에 돈독하고 친구간의 정을 감싸고 있었습니다. 청담과 고론은 화합하되 휩쓸리지 않고, 위엄을 갖추었으되 사납지 않으며, 술을 받아 시를 지음에 풍류가 엄숙 장려하니, 일찍이 기준에서 벗어나지 않고, 또 일찍이 기준에 얽매이지도 않았습니다. 세상에는 이 같은 사람이 있으되

---

81 훈목(薰沐) : 목욕하고 향을 태운다는 뜻으로, 전하여 매우 경건함을 표현한 말.

한낱 문자를 가지고 교제하고 말을 알지 못합니다. 족하는 가령 겉으로 숨기려 해도, 저는 마음속으로 부끄럽지 않을 수 없습니다. 삼가 앞의 운을 써서 존경하는 뜻을 다하고자 합니다.

○ 진택(震澤) 정하 삼가 편지 드림

옥 같은 시가 그대의 편지에 담겨 이르자, 열어서 두세 번 읽으니 기쁜 마음 가득했습니다. 하물며 그대가 운지(雲紙)를 보내주시니 더욱 심상(尋常)한 데서 벗어나고, 울림이 커서 무엇에 비유해야 할 지 모르겠습니다. 동쪽으로 갈 계획이라 들었으니, 끝없이 흘러 서로 만날 수 있겠지요. 몸져누워 짤막하게 쓰니 혜량해 주시기 바랍니다.

임술년 8월 상완, 이 이로(李耳老)

○ 삽계문고에 부치는 서문

내가 사신을 따라 일본에서 두루 다니며 빼어난 호수와 산을 안내받았다. 대개 시 속에서 봉래산이라 한 것이 속임이 아니었고, 그 가운데 비파호는 유독 이름을 날리는데, 오로지 뜻 높은 선비 진택(震澤)이 그 사이에 사니, 이 어찌 지령인걸(地靈人傑)[82]이 아니겠는가. 천 권을 읽어내 문장으로 세상을 울리고, 또 율시에 능해서 소리가 빼어나

---

82 지령 인걸(地靈人傑) : 땅이 영수(靈秀)하여 걸출한 인물이 나게 된다는 뜻인데, 또는 걸출한 인물이 태어남으로써 그 땅이 유명해진다는 뜻으로도 쓰임.

게 맑고, 익힌 기운이 크고 시원해 속된 선비들이 따라올 바가 아니다. 내가 처음 이곳에 묵어 형주(荊州)[83]임을 알아보았고, 또 도쿄에 있는 날 동안 와서 한 편의 시를 주었는데 미처 화답시를 주지 못했다. 이제 다행히 여기서 다시 만나 이별을 앞두고 한 마디 써서 드리게 되었다. 또 문고의 서문으로 몇 줄 엮었으니, 다음 날의 얼굴로 삼으시라.

임술년 9월, 이로(耳老) 이 붕명(李鵬溟)

○안 신재에게 보내는 편지

제게 있어서 족하는 비록 서로 말을 나눈 지 얼마 되지 않지만, 서로 알아보는 정은 무척 깊습니다. 말은 다 통하지 않아도 마음으로 이미 살피고 있으니, 족하의 제게 있어서도 또한 그렇지요. 가르침을 받은 것이 적어서 더없이 우소(迂疏)한 것을 부끄럽게 여깁니다.

어찌 하늘이 사람을 질투하시는지, 공무로 덮인 데다 더 하여 여러 손님이 끊이지 않았습니다. 족하가 틈이 나면 제가 틈이 없고, 제가 틈이 나면 족하가 틈이 없어, 부질없이 평생 열흘 술 마시기[84]만 부러워하고 마음의 노래를 모두 부르지 못하였으나, 도덕을 말하며 둔한

---

83 형주(荊州) : 장자(長者)의 덕을 갖추어 후배들로부터 존경을 받는 훌륭한 인물이라는 말이다. 형주의 장사(長史)로 있던 한조종(韓朝宗)에게 보낸 이백(李白)의 편지 〈여한형주서(與韓荊州書)〉 가운데 "살아서 만호후(萬戶侯)에 봉해지는 것보다도, 한 형주를 한 번 만나 보는 것이 소원이다."라는 말이 있는 데에서 유래한 것이다.

84 열흘 술 마시기 : 전국 시대 진 소왕(秦昭王)이 조(趙)나라의 평원군(平原君)을 유혹하기 위해서 짐짓 열흘 동안 함께 술을 마셔 보자[寡人願與君爲十日之飮]고 청한 고사가 있음.

말의 뒤에서 아프게 채찍을 휘둘렀습니다.

사신의 깃발이 문득 동쪽으로 향하고 다시 어느 때가 될지 모르나 머리를 맞댈 약속을 합니다.

아, 숲에는 겸겸(鶼鶼)이 있고 물에는 겸겸(鰜鰜)이 있지만, 유독 세상에만 겸겸(傔傔)할 사람을 얻지 못합니다. 옛사람이 소혼(銷魂)[85]은 차마 하지 못한다 하였으니, 사람으로서 바랄 수 없으나 물고기나 새와 같지 않습니다. 하루 오셔서 요사이 쓴 훌륭하고 큰 작품을 읊으셨는데, 변화가 얻은 벽옥[卞璧][86]이 홀연히 앞으로 굴러오고, 빛이 수주(隋珠)[87]를 타니 거듭 나오는 듯합니다.

답을 쓰려하니 반마(班馬)[88]가 갈리고 양류(陽柳)[89]가 쓸쓸하여, 무심히 반절하고 마을로 바람을 향합니다. 하늘이 만약 좋은 인연을 주시면 족하가 돌아오시는 날, 의연히 필묵을 다시 놀릴 수 있도록 구름과 산더러 풍경을 바꾸지 말라 하겠습니다.

누추한 시 몇 편을 위성(渭城)의 두주(斗酒)[90] 삼아 드립니다.

---

85 소혼(銷魂) : 남조 양(南朝梁)의 강엄(江淹)이 지은 〈별부(別賦)〉 첫머리에 "암담하게 사람의 혼을 녹여 내는 것은 바로 이별하는 그 일이라고 하겠다.[黯然銷魂者 唯別而已矣]"라는 말이 나옴.

86 변화가 얻은 벽옥[卞璧] : 춘추 시대 초나라 사람인 변화(卞和)가 형산(荊山)에서 얻었다는 벽(璧)이란 보옥. 변화가 직경이 한 자나 되는 박옥을 얻어 여왕(厲王)과 무왕(武王)에게 바쳤으나 옥을 감정하는 사람이 보고 돌이라 하여 두 발이 잘리고 말았음.

87 수주(隨珠) : 수후(隨侯)의 구슬이란 뜻으로서, 큰 뱀이 그의 은덕을 갚기 위해 바쳤다는 천하 지보(至寶)의 구슬.

88 반마(班馬) : 저명한 역사가요 문학가인 전한(前漢)의 사마천(司馬遷)과 후한(後漢)의 반고(班固)의 병칭.

89 양류(陽柳) : 구양수와 유종원.

○다시 야나기 진택에게

내가 그대의 나라에 들어서서 반드시 기사(奇士)가 있으리라 하였는데, 간혹 보기는 하였으나 만족하지 않았습니다. 족하를 만나 이후 마음에 가득 찼고 진실로 기쁘게 감복하여, 비유컨대 보물 가게에 들어가 바라던 바를 얻고 돌아가는 것 같았으니, 나머지는 진실로 논할 바가 아닙니다.

족하는 서경(西京)의 교초(翹楚)[91]요, 용모가 옥과 같고 더하여 문장으로 표현하는 것이 뛰어나서, 사람을 놀라게 함이 어찌 기이하겠는가. 옛날에 주옥같은 시편을 내게 주었고, 오늘 정성스러운 대접을 베풀어, 천리 해외를 생각하지 않고 좋은 친구를 얻어 나그네 길의 어려움을 잊으니, 군자가 사람을 사랑하는 성의(誠意)를 보인 것입니다. 저는 비록 재주 없는 사람이나 선한 사람을 알아보고 도를 가진 이를 기뻐할 줄 압니다. 이제 족하의 여러 작품을 가지고 고국으로 돌아가 시험 삼아 사람들에게 꺼내 보인다면, 사람들은 귀국의 문헌이 성대한 것과 족하의 이름을 알게 되어, 이로써 조선 땅에 퍼질 것입니다. 이처럼 한다면 족하가 지우(知遇)의 은혜를 베풀어주신 데 대해 보답할 수 있겠지요.

---

90 위성(渭城)의 두주(斗酒) : 왕유(王維)가 〈송원이사안서(送元二使安西)〉를 쓴 일에 비유함.

91 교초(翹楚) : 『시경(詩經)』에, "더부룩한 섶 속에 翹翹錯薪 / 그 초를 베도다 言刈其楚"라고 하였는데, 초가 비록 재목감은 못되지만 얽힌 섶 속에서는 제일 쓸 만한 것이므로 취함. 사람의 재능이 드러나지 못하면 그 가운데서 발췌(拔萃)한 자를 취하여 쓰는 것을 이름.

저와 족하는 다른 나라에서 태어나 평수(萍水)[92]의 만남이 기이하다 할 만 하나, 서로 공무에 바쁘고 일이 겹쳐 겨를이 없었고, 조용히 고론(高論)을 접하여 충심을 나타낼 수 없었습니다. 새로 알게 된 즐거움을 흡족히 누리지 못하고, 말머리가 동쪽으로 향합니다. 호사마다(好事多魔)라, 어찌 이처럼 한스러운지요. 가만히 생각하니 이제 도쿄로 가면 천여 리라, 두 달이 지나지 않으면 돌아오게 됩니다. 그 때 다시 족하와 한잔 술을 잡고 아양(峩洋)[93]을 타고 양춘곡(陽春曲)을 부른다면 또한 즐겁지 않겠습니까.

오직 저는 그날을 기다리니 족하는 어떻게 생각합니까. 주신 시 한 편에 삼가 추보(추보)하여 보냅니다. 한번 보시고 장독 뚜껑으로나 쓰심이 좋겠습니다.

임술년 8월 6일 신재 안백륜 다시 받듦.

시는 별권에 싣는다.

○안 신재에게 보내는 편지 시와 함께

며칠간 모시면서 정성을 다하지 못했는데, 사신의 수레에 기름칠을 하고 서로가 맡은 일에 바빠서 전별할 기회가 없었습니다. 평수(萍水)

---

92 평수(萍水) : 물 위에 뜬 개구리밥이라는 뜻으로, 이리저리 정처 없이 떠돌아다님의 비유.

93 아양(峩洋) : 거문고의 명인(名人)인 백아(伯牙)가 고산(高山)에 뜻을 두고 연주하면 그의 지음(知音)인 종자기가 "좋구나, 아아(峨峨)하여 태산(泰山)과 같도다." 하였고, 유수(流水)에 뜻을 두고 연주하면 "좋구나, 양양(洋洋)하여 강하(江河)와 같도다."라고 평했다는 일화가 있음.

의 만남에 늘 운수가 있어, 헤어지는 것이 사람의 정으로 가장 어렵습니다.

물이 고인 다리목이 이별하는 곳이라서 천고의 근심어린 생각이 드는데, 그런 생각을 미리 하느라 사람의 눈살이 찌푸려지니, 아마도 병 많은 사람이 늘 사물에 감개되어 그런 것이겠습니까. 주변의 어린 아이처럼 다시 북두성을 쳐다보며 연연해하는 것을 스스로 금하지 못합니다. 이제 청분(淸氛)이 사람에게 얼마나 깊고 두텁게 들어왔는지 알겠습니다. 이전에 주신 유첩(諭牒)은 정녕 간절하여 다만 가르쳐서 귀에 속살일 뿐만이 아니요, 옛사람의 이른바 척자편언(隻字片言)이라도 모두 써서 외울 수 있다는 것을 여기서 봅니다.

저는 사명(師命)이 있어 내일 동도(東都)로 가니, 비록 잠시라도 다시 만나리니 겨우 열흘 안팎의 일입니다. 같은 길에 다른 날 채찍을 잡고 뒤를 따를 수 없음을 한탄할 따름입니다. 치장(治裝)은 매우 심한데, 저는 다시 뵙기 바라며 거친 시 한 수를 삼가 올립니다.

취허(翠虛) 공 등 여러분과 만날 때 이 말씀을 들려주십시오.

가을바람은 싸늘하고 이별하는 마음이 아득한데	秋風嫋嫋別魂迷
그대는 동도로 향하고 나는 서쪽에 있네	君向東都我尙西
오늘 밤 밝은 하늘 달그림자 아래	今夜各天明月影
서로 있는 곳에서 눈물지으며 생각하네	相思兩地淚痕低

임술 중추 7일.

○진택(震澤) 공에게 드림

십파(十把)의 둥근 부채에 시를 적어 보내주시니, 비단과 금처럼 찬란하게 빛나고, 사람의 혼을 가까이 느끼게 하며 사람의 마음을 감동시킵니다. 한번 읊으며 세 번을 감탄하고, 열 겹으로 봉해 보물처럼 보관하였습니다. 삼가 거친 시를 얽어서 받들어 청람(清覽)을 더럽히니, 다음에 적는 약으로 근침(芹忱)[94]을 표하고자 합니다. 물건은 매우 사소하나 기꺼이 받아주소서.

　의사 자앙(子昻) 정정(鄭正)

○진택 사안(詞案)에 드림

잠시 빛나는 보습을 뵙고 곧 이별을 하게 되니, 창결(悵缺)의 회포가 이와 어찌 다르리오. 족하가 이곳에 이르러 몇 날인지 알 수 없으나, 저 또한 다행이 노옹(老翁)을 모셔 무사히 일을 마치니, 기쁨을 무어라 말하리오. 치졸한 글은 진실로 볼만하지 않지만, 그저 사모하는 마음으로 삼으소서.

　임술년 중추 하완, 창랑(滄浪).

　시는 별권에 실음.

---

94 근침(芹忱) : 옛날 충성된 신하가 미나리를 임금에게 바쳤다는 데서 생긴 말. 정성된 마음을 가리키는 말. 근성(芹誠).

○홍 창랑에게 다시 보내는 편지

경앙(景仰)하는 마음 하루라도 기울이지 않은 적이 없습니다. 쉰 지 얼마 되지 않아 일정이 어긋나 자못 맞아들이기가 괴롭습니다. 이런 까닭에 속히 문안을 여쭈나 지체되어 이제 이르렀습니다.

문득 편지를 받자옵고 더불어 옥 같은 시를 부쳐주시니, 기쁘게 시축(詩軸)을 펴서 읽으며, 친히 기침소리를 듣는 듯 황홀하기가 자우(紫宇)를 만난 듯합니다. 아, 공이 사람을 후히 대하심이 실로 이와 같고, 제가 예에 소홀함이 실로 이와 같습니다. 거의 불손에 가까워 종일 부끄러운 마음을 스스로 풀지 못하였습니다.

지난 번, 본서사(本誓寺)의 숙소에 이르러 취허(翠虛)와 반곡(盤谷) 공 등을 뵈었는데, 너무 공총(倥傯)하였고 또 날도 이미 어두워져서 간수가 막기 때문에, 두루 말씀을 전하지 못 한 채 창졸간에 물러나 아쉬움을 감출 수 없었습니다. 공께서는 이번에 엄군(嚴君)을 모시고 오셨다고 들었습니다. 함께 이역 땅에 와서 수륙(水陸)의 먼 길을 지났으나 아무 탈 없으시니 어찌 이처럼 다행인지요.

옛 사람이 묘당에서 홀(笏)을 잡고 후전(侯甸)에서 부절(符節)을 쓰러뜨려, 총애와 광영이 널리 알려져 사람들이 이를 영광으로 삼는다 하였으나, 구름을 바라보며 문에 기대는 근심이야 면할 수 없습니다. 만약 멀리 강과 호수에서 놀고 골짜기 가운데 숨어 살아도 거리낌이 없는 이는 이른바 제 몸을 잊고 윤리를 끊은 무리일 뿐입니다. 공께서는 진실로 동국(東國)의 선비로, 위로 밝은 군주가 발탁하였고 아래로 많은 선비가 천거하였으니, 그 광영이 또한 어느 만큼인지요. 그러나 공으로 하여금 혼정신성(昏定晨省)하는 봉양을 거르게 하고, 나라와 고향을 떠나게 했으니, 비록 만호(萬戶)로 제수 받더라도 어찌 마음에 흡족하기야 하겠습니까. 두 왕이 험한 곳에 이르러 왕의 일을 서둚은 진실로 어쩔 수 없이 충효가 함께 하지 못함입니다. 공이 평소에 임금을 모시고 부모를 봉양하는 충심을 하늘이 보시고 여기에 이르렀을 뿐입니다. 그러므로 영광스럽게 돌아가는 날에는 은총을 입어 복을 받듦은 점쟁이가 아니라도 압니다.

저는 세상의 미천한 사람으로 우연히 빛나는 분을 만나 문득 저를 알아주는 느낌을 받았습니다. 저를 돌봐주시는 정성을 삼가 마음에 새깁니다. 하물며 동서로 떨어진 하늘 아래 자주 아름다운 시를 주셨는데, 구슬을 겹겹이 꿰어놓은 듯하고 찬란히 사람을 비춰 신이한 용이 노는 듯합니다. 이렇듯 척목(尺木)으로 기이하다면 어찌 장편 대작으로 그 처음과 끝을 살필 수 있다 하겠습니까. 유감스러운 바는 공사의 일에 얽매어 손을 잡고 술자리에 앉아 고금을 이야기 하고 문장을 헤아리며 배우는 이익을 받을 수 없다는 것입니다.

옛 사람[95]이 말하기를, "은혜와 사랑이 허물어지지 않으면 / 멀리 있어도 나날이 친하나니"라고 했는데, 모르겠습니다만 공은 어떻게 생각하시는지요. 송구스럽게 느끼는 나머지 감히 졸렬함을 잊고 삼가 과보(瓜報)[96]를 본받아 숙소에 꿇어 앉아 남의 팔꿈치를 끌어 잡고 있으

---

95 옛 사람 : 자건(子建) 조식(曹植)을 말함.
96 과보(瓜報) : 『시경(詩經)』 위풍(衛風) 목과(木瓜)편의 "나에게 모과를 주면 나는 구슬로 갚으리라.[投我以木瓜報之以瓊琚]"에서 따옴.

니, 그저 생각을 정리할 겨를이 없고 솜씨는 작은 기술이라, 글로 만들기에는 부당하리라 두려워하면서도, 엎드려 바라옵건대 공께서 그 글은 버리시고 마음을 취해 주시면 좋겠습니다. 불선(不宣).

임술년 중추 하완.

○부사 이 노호(李鷺湖) 공에게 드리는 편지

깊이 숨어 사는 선비는 기이하고 그윽한 곳을 찾아다니며 늘 구름과 샘물 그리고 산과 바다에서 노닐기를 즐깁니다. 그러나 왕왕 자취를 감추고 문을 닫아 사람을 피하는데, 다만 저자에 나서기를 두려워하여 눈과 귀로 보고 듣는 것이 세상의 한 모퉁이에 지나지 않습니다.

지방관이 되어 나가거나 행장을 꾸려 귀양 가는 길이라도, 그 힘은 가마와 배를 타는 수고를 뛰어넘고, 영등이교(嬴縢履蹻)[97]의 고통을 달게 받습니다. 요황(要荒)[98]에 던져지고 변방에 당도하니, 이런 까닭에 그 마음이 이끄는 대로 움직이고, 건상장(褰裳章)의 망운(望雲)처럼 울적한 마음을 펼 수 없습니다. 아, 산천은 사람을 싫어한 적이 없는데, 사람이 다 이르지 못 하고, 마음의 업은 이미 무궁한데, 귀와 눈이 더러 막혀 있습니다.

---

97 영등이교(嬴縢履蹻) : 『전국책(戰國策)』에서 소진(蘇秦)이 진(秦)나라 혜왕(惠王)을 연횡설(連橫說)로 설득하다가 실패하고 고향으로 돌아오는 모습을 형용한 구절인데, 다리를 헝겊으로 칭칭 감고 짚신을 신은 거렁뱅이 신세이다.

98 요황(要荒) : 요복(要服)과 황복(荒服)의 합칭으로, 서울에서 멀리 떨어진 변두리 지역을 가리킴.

　조선은 하늘 한 쪽 끝에 있어 자세히는 알지 못합니다. 그러나 환도 (丸都)[99]와 신숭(神嵩)[100]의 **빼어남**과 압록과 한강의 크고 아득함은 그 뛰어남이 거의 중국에 지지 않습니다. 이제 사신이 우리 수도에 오시 니, 부산에 이르고 무릇 부산을 떠나 쓰시마에 이르니, 또 무릇 이 사 이 일정에 보는 것이 어찌 바위와 골짝과 괴이한 모습 아니었겠습니 까. 또 우리 서주(西州)로부터 이 수도에 이르기까지 거친 파도를 무릅 쓰고 수십 일을 거쳐 도달하니, 무릇 백 천만 리였습니다. 높은 데 올 라 멀리 바라보며, 잔을 들고 붓을 휘두르며, 그 기운(氣韻)이 어찌 다 시 크나큰 천지와 작은 추호(秋毫)를 알겠습니까.

　예로부터 기이한 곳을 찾는 사람은 뛰어난 경치를 듣고 노닐 것을 생각하는데, 오직 홀로 가는 데에 멀고 험하며 나라의 법이 막는 것을 생각합니다. 이에 힘써 나아가기를 상상하는 것은 저 명령을 받든 사 신이 아니니, 그 몸이 맞도록 한결같지 않은 까닭입니다. 우연히 이른 사람은 수고를 꺼리고 위험을 두려워하여 드디어 뛰어난 경치를 잊습 니다. 이에 고향을 떠나와 그리는 마음이 깊어 오르고 찾아갈 기약이 고요하고, 시절과 세상을 아파하는 정이 일어나 이상하고 괴이한 것 을 보기 쉽습니다. 아, 비록 다행히 견문(見聞)이 미친 곳마다 그 마음 이 울적하여, 모유(牡遊)[101]의 풍경을 읊거나 올곧은 기운을 펼 수 없었

---

99 환도(丸都) : 안시성. 환도성(丸都城)이라고도 함. 조선시대를 기준으로 강계부(江界府) 북쪽 강 건너 지역에 있음.

100 신숭(神嵩) : 개경(開京)의 진산(鎭山)인 송악(松嶽)을 숭산(崧山) 또는 신숭(神嵩) 이라고 불렀음.

101 모유(牡遊) : 『시경(詩經)』 소아(小雅)의 사모(四牡)에, "나라의 일을 견고하게 해

습니다. 산골에 묻혀 살며 비록 다행히 견련(牽連)의 허물이 없다 해도, 눈으로 보고 귀로 듣는 것이 넓고 멀지 못하다면, 말과 글에 나타나는 것이 좁디좁고, 부드럽고 따뜻한 맛이 적을 것입니다.

이제 상공(相公)은 나라 안의 명승을 다 돌아보고, 임금의 명령을 받들어 만 리 밖으로 사신을 나오니, 명산대천(名山大川)과 새로운 것 옛날 것 그리고 풀과 짐승과 물고기의 정모(情兒)에 기뻐하고 놀라며, 모두 듣고 두루 구경하지 않음이 없습니다. 이런 까닭에 그 험한 것을 읊은 데서는 사람들로 하여금 그것을 읽고 어깨를 들썩이며 떨고 두렵게 만들 수 있고, 명승을 노래한 데서는 사람들로 하여금 마음이 달리고 정신이 움직이며 날아갈 듯 만들 수 있습니다.

사신으로 여행 중인 몸으로 산 속에 묻혀 숨어사는 이의 정을 겸한다면 상하와 고금에 상공과 같은 이는 얻지 못할 것입니다.

상공의 시는 자태와 종횡(縱橫)이 일률적으로 절화(節和)의 장엄함과 이창(理暢)의 뛰어남을 논하기에 어렵고, 구천의 선인이 뱉은 침이 주옥같은 시[102]가 되고 걸어서 구름과 안개를 밟는 것과 같습니다. 비록 제 아무리 넓고 엄숙할지라도 감히 업신여기지 못하고, 신의(神儀)가 산랑(散郞)하여 사람의 뜻을 없애게 하니, 아침이슬이 아롱지고 붉은 연꽃이 바람을 맞아 향기 내며 화려하게 피는 듯합니다. 이를 보는 이

놓지 않을 수가 없어서 아버님 모실 겨를도 없다"는 대목이 나옴.

102 주옥같은 시 : 재채기를 할 때 튀어나오는 침방울[咳唾]들을 보면 큰 것은 옥구슬 같고 작은 것은 안개 같다[噴則大者如珠 小者如霧]는 『장자』 추수(秋水)의 말에서 유래하여, 타인의 아름다운 시문(詩文)을 뜻하는 말로 '해타(咳唾)'를 쓰게 됨. 이백(李白)의 시에 "그대의 침방울이 구천에서 떨어지니, 바람 따라 모두가 주옥을 이루도다.[咳唾落九天 隨風成珠玉]"라는 구절이 있음.

는 그 빛깔을 귀하게 여겨 마음으로 그 꽃을 사랑하지 않을 수 없습니다. 한가로우면서도 민첩하여 번개가 치고 별이 흐르는 것 같고, 화살이 시위를 떠나고 준마가 땅을 박차고 나가, 이른 바 무고(武庫)[103]의 재주로 얻지 못할 것이 없습니다.

은둔하는 선비로 하여금 상공이 시를 읽힌다면, 비록 바다를 건너고 고개를 넘어갈 수 없어도, 자리 사이에 백천 리의 명승을 갖다 앉힐 것입니다. 사신으로 나선 선비들에게 상공의 시를 읽힌다면, 곧 경치를 그린 아름다움으로 격양하고 촉발되어 잠시 그 노고를 잊고 그 근심을 풀어, 크고도 크게 다시 영조(永眺)에서 노닐 생각을 불러일으킵니다. 그러면 앞서 늘 서로 어긋나고 늘 서로 만나지 못하는 것이 장차 공의 시에서 얻을 수 있을 것입니다.

옳게는 마땅히 기조(記曹)에 아뢰어 자주 만나 봬야 하지만, 오직 나라에서 금하는 법도가 엄중하여 제 스스로 방자하게 할 수 없습니다. 그래서 자주 부르시는 명령을 어겼으니, 대개 일이 불경(不敬)함과 가까우나 실로 법을 삼가는 까닭이므로, 광범(光範)을 홀대하였다 생각하지 마시고, 몸소 내려 주신 글을 받듭니다. 이는 실로 일생에 다시 만나기 어려운 영광인지라, 말이 서로 통하지 않으나 저는 깊이 은혜로운 뜻이 두터움을 느낍니다. 바람을 맞아 돌아가시면 영원히 신선과 범부로 떨어지고, 한번 화살이 시위를 떠나면 뒷날 무애(無涯)에서나 만나리니, 칭얼대는 어린아이의 모습으로 끝내 스스로 그만둘 수 없습니다. 감히 거친 글을 지어 바치니 용렬하오나 해바라기의 정

---

103 무고(武庫) : 무기 창고. 박학다식(博學多識)한 사람의 비유.

성[104]으로 삼으소서. 엎드려 바라옵건대 크신 자비를 베풀어 주소서.
불비(不備).

임술년 10월 2일.

○성 취허(成翠虛) 공에게 드리는 편지

제가 가본 곳이 수백 리에 지나지 않으나 어려서 서울에 살아 사방
에서 오신 손님을 보는 일은 많았습니다. 얼굴을 뵙고 교제한 이가 셀
수 없는데, 마음으로 서로 통하여 저를 알아봤다고 할 만한 이는 한
번도 없었으니, 제가 남에게 맞지 않는 것인지 남 또한 저에게 맞지
않았습니다.

사신의 행차가 이곳에 이르러 제가 먼저 가서 곁에서 뵈었는데, 어
찌 하루아침에 말씀 나누는 사이에 이처럼 교분을 맺으리라 생각이나
했겠습니까. 저는 실로 탄식하기를, 세상 사람들의 학술과 식견이 같
지 아니하여, 각각 고론(高論)을 펴기가 도요새와 조개가 서로 버티
고[105] 만촉(蠻觸)이 서로 싸우는 듯[106]하여, 일찍이 도(道)를 위하여 뜻

---

104 해바라기의 정성 : 원문의 규침(葵忱). 신하가 임금 위하는 것을 해바라기 꽃이 태양
   을 향(向)하는 데에 비유함.

105 도요새와 조개가 서로 버티고 : 도요새와 조개가 상대방을 서로 물고 놓지 않다가
   마침내 어부(漁父)에게 다 잡히고 말았다는 고사에서, 즉 어부지리(漁父之利)를 얻고자
   하는 마음을 이르는 말.

106 만촉(蠻觸)의 전쟁 : 와우(蝸牛) 즉 달팽이의 두 뿔에 만(蠻)과 촉(觸)이라는 나라가
   각기 자리 잡고서 하루가 멀다 하고 피를 흘리며 서로 싸운다는 이야기가 『장자』〈칙양
   (則陽)〉에 나옴.

을 굽히는 것을 알지 못하였습니다. 그래서 평소 사람들과 말을 나누지 못하였는데, 이제 족하께서 제 말을 들으시고 웃으시며 제 뜻을 다 아셨습니다. 의론의 위 아래가 한 입에서 나오는 듯하니, 족하의 현명함이 어찌 저에게만 사사로운 것이겠습니까. 그래서 저는 불민함을 잊고 마음을 다하여 은근한 호감을 맺었습니다.

옛날 한(漢) 무제(武帝)는 〈자허부(子虛賦)〉[107]를 읽고, "내 혼자만 이 사람과 함께 하지 않고 시대와 같이 하겠다" 하였습니다. 구양자(歐陽子)[108]는 〈유회부(幽懷賦)〉[109]를 읽고, "고(翶)[110]가 지금 태어나지 않아 함께 교제를 나누지 못함을 한탄하노라. 또 내가 고의 시대에 태어나 고와 함께 상하를 논하지 못했음을 한탄하노라" 했습니다. 옛사람이 깊이 경모함이 대체로 이와 같았습니다.

저는 어떤 사람으로 국가가 태평한 때에 태어나, 사신이 바다를 건너오니 이는 진실로 천재일우(千載一遇)여서, 다시 볼 수 없는 기회라 여기고 이생에 다시 볼 수 없을 것인 즉, 마음에 슬프지 않을 수 없었습니다. 그래서 지난 날 헌수(獻酬)한 시와 글을 정성껏 모아 깨끗이 쓰고 주를 달아 한 질(帙)로 만들어 책장에 보관하였습니다.

매번 족하를 생각하여 책장을 열어 읽고, 읽으며 생각하고, 스스로 그 운을 잇고 스스로 그 글에 답하며, 여닫기를 그만 두지 않고 이어

---

107 자허부(子虛賦) : 한(漢)나라 사마상여(司馬相如)의 작품으로, 제후의 수렵에 관한 일을 서술하며 풍간(諷諫)의 뜻을 담았다.
108 구양자(歐陽子) : 구양수(歐陽脩).
109 유회부(幽懷賦) : 이고의 글로 구양수가 크게 찬탄함.
110 고(翶) : 이고(李翶).

오고 있습니다. 비록 서로 떨어진 거리가 멀고 서로 헤어진 지 오래지만, 책상 앞에서 서로 담소를 나누지 않은 바가 아닙니다. 옛사람의 지극한 정이란 반드시 꿈에서 만나기를 기약하고, 꿈에서 만나지 못하면 옛날에 주고받은 편지를 찾아 잠시 뚫어지게 바라보며 생각에 잠기나니, 어찌 하물며 몇 일간의 만남이 자침(磁針)을 서로 던지고 수유(水乳)를 등지지 않아서, 두 사람의 정의(情義)가 돈독하니 범연히 쓴 글의 겉으로 흘러넘칩니다. 어찌 심상히 문자로 교유한 것과 비하겠습니까.

이제 바라건대 족하의 몇 마디를 얻어서 자중(自重)하게 사방에 전하고 후세에 남겨, 천만 세가 흘러도 천만 리 밖에서도 사람들로 하여금 읽게 하여, 제가 오늘 족하를 접한 것처럼 하면 오직 저의 행복일 뿐만 아니라 곧 천만 리의 행복입니다.

제 글은 쌓아 두어도 스스로 그 취(取)하기가 부족함을 알아, 만약 현안(玄晏) 선생을 만나 변면(弁冕)을 삼지 못하면[111] 가령 경도(京都)에서 출판을 해도 다만 사람들의 장독대 덮개로 쓰이리니, 하물며 이보다 더 아래이겠습니까. 바라옵건대 저의 사사로운 정을 살피셔서 한 번 거필(巨筆)을 휘두르시고, 글 솜씨는 그렇다 치더라도 저는 채소를 팔던 옛 모습[112]을 본받지는 않겠습니다.

---

111 현안(玄晏) 선생을 만나 변면(弁冕)을 삼지 못하면 : 진(晉)나라 좌사(左思)가 지은 삼도부(三都賦)는 처음에 그 작품의 예술성을 인정받지 못하다가 현안(玄晏) 즉 황보밀(皇甫謐)이 서문을 써 주자 다투어 전해 베끼는 바람에 낙양(洛陽)의 지가(紙價)가 뛰었다 함. 『晉書 左思傳』

112 채소를 팔던 옛 모습 : 용렬한 사람을 가리킴.

헤어진 지 겨우 이틀이나 구갈(裘葛)[113]이 바뀐 듯하고, 찰찰히 흐르는 한 줄기 강물이 만 리를 떨어뜨려, 어렵게 서로 만나 쉽게 헤어져 천고의 탄식임이 진실로 이와 같습니다. 다만 우리 두 사람이 오늘 무료함 때문이 아니라, 동서로 내왕하여 두루 덕을 입어, 차라리 그리움을 잊을 때이겠습니까. 다만 목보(木報)[114]처럼 자기를 알아주는 시가 없음을 부끄러워 할 따름이며, 감히 멀리 바라보는 생각을 못하였습니다.

이제 힘을 내시고 좌우를 살피셔서, 풍상이 점점 심해지니 가는 길 보전하소서. 하잘 것 없는 저는 다시 뵙기를 빕니다. 불선(不宣).

○성 취허(成翠虛) 학사에게 드리는 편지

재주가 있으면서 배움이 없는 것과 배움은 있으되 재주가 없는 것은 둘 다 작자(作者)의 정원에 들어가기에 부족합니다. 재주 있고 배움 있으나 정신으로 이를 이끌고 나가지 못하면 또 천지를 열고 만물을 담기에 부족하여, 사소하고 혼란스러운 데 빠지고 정신의 이치가 착종(錯綜)됩니다. 그 가운데 가진 것을 울창하게 하고, 그 바탕의 가까운 바에 붙여서 사람들에게 읽게 하면, 한 줄기 광명이 크게 비추고, 정대한 기운이 은은히 붓끝에서 일어나며 밝게 종이 위에 떨어지나니,

---

113 구갈(裘葛) : 가죽 옷(겨울)과 갈포 옷(여름). 1년에 한 번씩 바꾸어 입으므로 1년을 가리킴.

114 목보(木報) : 『시경(詩經)』 위풍(衛風) 목과(木瓜)편의 "나에게 모과를 주면 나는 구슬로 갚으리라.[投我以木瓜報之以瓊琚]"에서 따옴.

늠름하게 말과 글의 겉으로까지 넘쳐납니다.

조선이라는 땅은 그 산천이 **빼**어나고 기운이 충만하여, 맑은 무리가 꿈틀거리며 쌓여있어서, 예로부터 문장이며 기술이 뛰어난 이들이 그 가운데서 나왔거니와, 아마 공의 무리일 것입니다. 아, 평수(萍水)에 우연히 만나 하물며 말과 글이 같지 않아 겨우 통역으로 정과 뜻을 통하니, 저처럼 불민한 자가 어찌 감히 그 깊은 뜻을 알리오. 비록 그렇지만 공이 며칠간 머무시면서 창수(唱酬)한 작품이 점점 늘어 약간 편이 되면 흔적 한 가지 살피기라도 그나마 넉넉합니다.

공의 시문(詩文)은 대개 웅혼함을 높이고 아정함을 본체로 삼아, 그 재주는 펴지 못하는 바가 없어, 부리되 법대로 하여 전국시대의 혼란스러움에 들어가지 않고, 그 배움은 살피지 않은 데가 없어, 표현하되 엄격하게 하여 육조(六朝)의 겉치레에 흐르지 않으며, 경치를 묘사할 때는 사물에 의탁하여 뜻을 나타내 양매(揚枚)[115]처럼 읽기 어려운 것은 아니고, 흥을 떨치고자 할 때는 시절에 마주하여 사리를 돌아보아 불교나 도교 같은 방탄에 떨어지지 않으며, 안으로는 생각이 마르지 않고 밖으로는 상(象)을 남기지 않아, 난숙하기로는 바람을 따라 무늬를 만드는 것 같고 쇠처럼 마련하여 모양을 만들었으며, 정신이 왕성하여 정채(精彩)가 나고 기운이 왕성하여 약한 모습이 없습니다.

그러나 공께서는 오히려 스스로 만족하지 않으십니다. 이는 그 자성(資性)이 순미(醇美)하여, 비록 겸손한 나머지에서 나와 공의 재주와

---

115 양매(揚枚) : 양웅(揚雄)과 매고(枚皐)를 일컫는 듯. 다 같이 한나라 사람으로 부송(賦頌)을 잘 지었음.

학문에 쓰이니, 어떤 일인들 이루지 못하겠습니까. 무릇 여러 학자의
장점을 모아 일가의 문학을 이루었으니, 장차 옛날의 작자(作者)와 더
불어 문단에서 크게 드러날 사람은 공이 아니면 누구이겠습니까. 재
주에다가 배움은 진실로 겸비하기 어려운데, 하물며 신기(神氣)가 그
안에 섞여 주장(主張)을 하니, 이것이 바로 공이 왕성하는 까닭입니다.
『시경』의, "속에 갖추고 있는지라, 밖으로도 근사하게 나타나도대惟
其有之, 是以似之]116"라는 노래는 공에게 가깝습니다.

　제가 저번에 도부(東武)117에 갔을 때, 우연히 공의 문고(文藁)를 보고
책을 덮기도 전에 손을 치며 경탄하였는데, 눈이 현란하고 정신이 흔
들려 스스로 그 거취(去取)를 알지 못하였습니다. 대개 발걸음 옮겨 곤
륜산의 꼭대기에 서서 아래로 붉은 구름이 서린 적수(赤水)118, 무소와
표범에 기린과 빙도(氷桃) 벽우(碧藕)119의 번뜩이며 빛나는 것을 보는
것은 공을 일컬음입니다.

　아쉽기로는 머묾이 길지 않아 촉박하여 돌아가느라 등사할 겨를이
없었고, 이제 잊지 않으려 서경(西京)에서 다시 만났으나 매우 분주하
고 굴레에 묶여 서로 어지러워, 어찌 평생의 담은 경륜을 다 하리오.
옛날에 헤어져 오직 서로 생각하고 서로 보고 싶을 따름입니다. 아,
이제 이후로 서로 바라며 슬퍼하는 목우(木偶)가 됩니다. 저 멀리 구름

116　유기유지 시이사지(惟其有之 是以似之) : 『시경(詩經)』 소아(小雅) 상상자화(裳裳
　　者華)에 나오는 시로, 재(才)와 덕(德)을 온전하게 갖추고 있음을 찬탄한 내용.
117　도부(東武) : 도쿄(東京)를 일컬음.
118　적수(赤水) : 미상.
119　빙도(氷桃) 벽우(碧藕) : 도교에서 말하는 신선의 과일.

이 걸릴만한 높은 나무는 허리띠만큼의 가는 강줄기로 흐릅니다.

요즈음 돌봐주신 은혜를 안고 제 충심을 펴서 변사(弁辭)의 뜻으로 담습니다. 이번 가시는 길에 거친 글귀를 실어 영원히 전합니다.

○이 반곡(李盤谷)에게 주는 편지

옛말에 문장과 시절은 높낮이가 있다고 합니다. 대개 말은 기운의 성쇠(盛衰)와 관련되고, 정치의 오륭(汚隆)과 관계됩니다. 무궁한 것은 천지의 이치이고, 바뀌지 않는 것은 사람과 사물의 성품입니다. 이치에서 얻고 성품을 갖추어 고금에 다르지 않는 것은 사람의 마음입니다. 천 년 전에 특이한 재주꾼이 있어 이에 그 사이에서 나오나니, 얻은 이치는 오늘날과 같고 갖춘 성품은 오늘과 같으므로, 그 마음이 어찌 오늘과 같지 아니하겠습니까. 천 년 뒤에 특이한 재주꾼이 있어 이에 그 사이에서 나오나니, 이 이치와 같고 이 성품과 같으므로, 그 마음이 어찌 옛날과 다르겠습니까. 금(今)이니 고(古)이니 사람이 만든 글자이지 하늘에 있는 연고로 바꾸는 것은 아닙니다.

먼 옛날 삼대(三代)는 지금에서는 옛날인데, 더 먼 희농(羲農)은 삼대에서 옛날이 됩니다. 어찌 알겠습니까. 희황(羲皇)으로부터 미루어 천만 세 위는 오늘이 되고 옛날이 된다하지만 마침내 오늘은 없습니다. 또 어찌 알겠습니까. 오늘로부터 미루어 천만 세 아래는 오늘이 되고 옛날이 된다 하지만 다시 옛날은 없습니다.

아, 사람이 망극하여 옛날을 높이고 오늘을 낮추는데, 훼손과 영예의 경중을 그 시절과 사람에 따르고 또 지역의 중외(中外)에 따라 논해야 마땅하겠습니까. 재장(梓樟)[120]과 저력(樗櫟)[121]이 헝클어져 있으면 결국 장인(匠人)의 손에 부치지 못합니다.

조선의 이 반곡 공은 명을 받들고 우리나라에 사신으로 왔는데, 나는 다행스럽게 관반(館伴)[122]의 뒤를 따라 당신과 며칠 만났습니다. 그 사람됨을 보니 온후하고 공손함은 실로 그 성품에서 나오고, 넓고 탁월한 학식은 깊이 사물의 이치를 궁구하였습니다. 글을 짓는데 장강(長江)과 대하(大河) 같아, 파도가 넘실대고 먼 데서 흘러나와 그 끝을 볼 수 없었고, 상이(商彝)와 주정(周鼎)[123]과 같아, 고색창연하여 긁힌 흔적이 없었습니다. 시를 짓는데 규벽(奎璧)[124]과 삼루(參婁)[125]가 울창하게 줄지어 서서 은하수를 빛나게 하는 것 같아, 밝고 밝아서 우러르나 올라갈 수 없고, 자란(紫蘭)과 백우(白藕)가 이랑에 기대어 맑은 연못에 서 있는 것과 같아, 뛰어나고 그윽한 운치는 멀리서 보나 가까이 다가갈 수 없었습니다. 이는 비록 그 마음이 사물에 감응하여 말로 나타난 것이나, 당신은 무엇을 가지고 이른 것이 아닙니다. 지금 세상에

---

120 재장(梓樟) : 재목에 쓰기 좋은 큰 나무.

121 저력(樗櫟) : 크기만 할 뿐 아무 쓸모가 없어서 어떤 목수도 돌아보지 않는 산목(散木)이라는 뜻의 겸사로, 『장자』〈소요유(逍遙遊)〉와 〈인간세(人間世)〉에 상세한 설명이 나옴.

122 관반(館伴) : 사신을 접대하는 일본 측의 관리. 대체로 통과하는 지역의 번주(藩主)가 맡았음.

123 상이(商彝)와 주정(周鼎) : 주정은 우(禹) 임금이 구주(九州)의 쇠를 모아 만든 솥. 상이는 상(商)나라 종묘에서 제사를 지내는 술그릇.

124 규벽(奎璧) : 28수(宿)에 속하는 규수(奎宿)와 벽수(璧宿)의 병칭으로, 옛날에 문운(文運)을 주관한다고 여겼음.

125 삼루(參婁) : 미상.

태어나 마음에 옛것을 가지고 이치를 궁극히 하고 성품을 길렀으니, 어찌 이에 이르지 않겠습니까. 나는 이에 당신이 지금 사람임을 잊고, 당신도 스스로 내가 옛날에 매어있음을 알지 못합니다.

옛날의 도리는 없어진 지 오래입니다. 이제 밝은 군주가 위에 있어 밝게 다스리고 풍속이 아름다우니, 산천은 한 모퉁이에 빼어나게 모였고, 이곳에 위인을 내서 삼가 닦고 힘써 행하니, 문장 단련은 비주(比儔) 밖으로 가만히 나와서, 밝게 빛나고 앞뒤로 발월(發越)하여 고금에 덮을 수 없는 것입니다. 그러므로 시절을 말할 수 있고 사람을 말할 수도 있습니다.

여관이 가까워 이치로는 문 안에 들어가 살피고 아침저녁으로 가르침을 받아야 마땅하나, 자주 어그러져서 드디어는 한번 무릎을 맞대고 쾌히 답답함을 깨뜨릴 수 없었습니다.

사신들께서는 이제 곧 서쪽으로 돌아가시리니, 얼굴을 보기 힘들기가 이와 같다면 재회의 기약도 끝내 알 수 없지요. 이제부터 이후로는 구름을 바라보고 물을 마주하여 만 리 밖으로 소식을 부치겠으나, 이 즈음의 수창시(酬唱詩)는 다음 날에 얼굴이 될 뿐입니다. 매우 추워지는 계절이니 가시는 길에 진중(珍重)하소서.

○홍 창랑에게 주는 편지

옛사람은 말을 가지고 글을 짓고, 지금 사람은 글을 가지고 글을 지어, 글과 말이 둘이 되었습니다. 말을 가지고 글을 짓는 것은 마음에 둔 다음에 말로 나오기 때문에 그 말이면 사람됨을 알 수 있습니다.

글을 가지고 글을 짓는 것은 마음에 두지 않고 말에서 구하기 때문에 말이 글보다 더하여 그 사람을 알 수 없습니다.

　육경(六經)이라는 것은 성현의 말씀이나, 그 문장은 근엄하고 정대하여, 간단하나 명쾌하고 평이하나 뜻이 높고 법과 규칙에 딱 맞아, 후세의 글 짓는 이가 노심초사하여 비슷하게 하려해도 이룰 수 없습니다. 진한(秦漢) 이래 이리저리 얽어 거듭 백 천만 마디에 이르러도 비로소 이를 보매 오도사(五都肆)에서 나온 것처럼 옥과 비단이 어지러이 섞여 문장을 이루고 눈이 놀라고 정신을 빼앗으나 찬술된 바를 알지 못합니다. 심사(深思)와 점정(漸定)에 이르러 대부분 부화(浮華)한 것이니, 괴이하게 눈을 현혹하고 일용의 실제 사물이 아니어서, 이런 말이라면 비록 풍부해도 무엇에 도움이 되겠습니까.

　아, 뜻은 없이 억지로 찾으면 한갓 병든 말이 아니어도 병든 글이요, 한갓 병든 글이 아니어도 병든 사람입니다. 마땅히 그 사람의 글이 예와 같지 않습니다.

　족하는 글을 가지고 자랑하지 않으나, 구름과 바람이 만나는 것[126]처럼 일찍이 직책을 수행하였고, 또 사신을 모시고 만 리 밖으로 나와 의전을 잘 치루고 임무를 모두 처리하였습니다. 사령아치들이 정돈되어 모두 명령을 공경하고 감히 시끄럽지 않았으며 어려운 일을 헤쳐 나갔습니다. 제가 아프고 말이 병들어 고달픔이 어떠셨습니까? 그러

---

126 구름과 …… 것 : 명군(明君)과 양신(良臣)이 만나 서로 의기투합하는 것을 말함. 『주역』 건괘(乾卦) 문언(文言)의 "구름은 용을 따르고 바람은 범을 좇는다.[雲從龍 風從虎]" 라는 말에서 나옴.

나 기미(幾微)조차 말에 나타나지 않으니, 진실로 옛 사신의 모습이 있습니다.

밝은 임금이 뽑으시고 여론이 한데 몰아졌음은, 그 평생의 충효가 탁월하고 도를 가지고 궁행(躬行)하지 않았다면, 어찌 이에 이를 수 있었겠습니까. 그러므로 말과 글에 나타나는 것은 모두 가슴 속에 있는 것에 근거하고, 스스로 알지 못하는 사이에 아순(雅馴)[127]한 데로 들어갑니다.

이제 〈출사표(出師表)〉를 읽어보니 문득 충신이 말임을 알겠고, 〈진정표(陳情表)〉를 읽어보니 문득 효자의 말임을 알겠고, 굴원(屈原)의 글을 읽어보니 느껍도록 그 우분(憂憤)의 말임을 알겠고, 도잠(陶潛)의 시를 읽어보니 멀리 청절(淸節)한 말임을 알겠습니다. 그 말과 글을 통해 그 모습을 상상하니, 아련함이 마치 들리는 듯하고 숙연함이 마치 본 듯합니다. 간담(肝膽)과 폐장(肺腸)은 뚜렷이 가리킬 수 있다는 것은 가운데서 진실 되어 밖으로 나타남을 말함이니, 어찌 더러운 입과 가벼운 말로 사단(詞壇)을 잡고, 꾸민 얼굴로 사람을 속이는 것과 같이 말할 수 있겠습니까.

족하의 말씀은 반드시 문인과 더불어 장단(長短)을 헤아리지 못하나, 말이 글보다 더하고 글이 기이함을 더한 즉, 그 가운데 있는 바를 알 수 있을 따름입니다. 그러므로 덕을 갖춘 이는 반드시 말이 있지만, 말을 하는 이가 반드시 덕을 갖추었다 하지 못하니, 안과 밖이 일치하여 언행에 사이가 없으면 본받을 만하다 할 수 있습니다. 독안의 구더기[128]

---

127 아순(雅馴) : 문사(文辭)가 바르고 숙련됨.

와 우물 안 개구리가 한 말씀으로 찬미하고자 하나 할 수 없습니다.

동서로 천 리 길을 오가며 만나서 말씀을 나누었으니, 가르침 받은 것이 무척 많습니다. 사신들이 곧 돌아가고 멀리 구름을 바라보노라면 지극히 슬픈 마음을 이기지 못할 것입니다. 이에 거친 글을 한 편을 지어 공경하는 마음으로 대신합니다. 불선(不宣).

○안 신재에게 주는 편지

구름이 먼지와 더불어 노래할 수 없으나 멈추거나[129] 움직일 때가 있고, 물고기가 새와 더불어 가야금을 켤 수 없으나 춤추거나 뛸 때가 있습니다. 비록 그렇지만 구름은 내가 알기에 귀가 있어 듣는 것이 아니라 마음으로 통하는 것이요, 먼지는 내가 알기에 눈이 있어 보는 것이 아니라 코로서 맡는 것입니다. 물고기와 새는 내가 알기에 마음과 귀와 눈과 코가 있어서, 사람이 일찍이 가르쳐주지 않아도 거리낌 없이 소리로 기뻐하고 시로 슬퍼하며, 파도를 헤쳐 나와 듣고 숲에서 내려와 웁니다.

대개 까닭이 있어 그렇게 된 것은 그렇지만, 만물은 각각 한 이치가 있고 모든 이치는 한 가지 근원에서 나오나니, 사람이 천지 사이에 나서 천지의 기운을 받아, 그 몸은 천지의 몸이요 그 성품은 천지의 성

---

128 독 안의 구더기 : 원문의 해계(醢雞). 이는 술에서 생긴 벌레인데 독 안에서만 삼.

129 구름이 …… 멈추거나 : 왕발(王勃)의 시에 "고운 노래 지어지니, 흰 구름이 머물고[纖歌凝而白雲遏]"라는 구절이 있음.

품이므로, 어찌 둘로 나뉘겠습니까. 그러므로 무릇 천하의 일은 비록 사람이 한 것 같아도 하게 된 까닭은 천지가 하지 않은 것이 없습니다. 스스로 사사로이 휘저어 욕심으로 흔들어도 끝내는 서로 닮지 않습니다. 그래서 학문의 도는 입경존성(立敬存誠)[130]·내외수교(內外修交)로, 터럭만큼도 그 사이에 밖으로부터 유혹되는 잡스러움이 없는 것입니다. 곧 혼연히 하나의 이치로, 마음속을 두루 흐르고 육허(六虛)[131]를 관통하여, 가서 채워지지 않음이 없어 천지를 움직일 수 있고 귀신을 감동시킬 수 있으니, 친소(親疏)가 멀고 크고 작은 모든 물건이 움직여도 모두 내가 가진 것이 됩니다.

조선의 안 신재 공은 사신의 임무를 띠고 와서 서경(西京) 정사(精舍)에 머무는데, 내가 관반(館伴)의 옆에 있으면서 글을 지으며 교유를 하여, 며칠간의 수응(酬應)이 끊이지 않아 거의 한 권이 찼습니다. 그대의 사람됨은 그 기운이 장하여 그 글이 웅혼하고 돈후하며, 그 배움이 넓어 그 글이 깊고 넓어 오묘하며, 그 뜻이 충성스러워 그 글이 감격스럽고 정직하며, 그 행동이 염치를 알아 그 글이 맑고 굳세니, 이 모든 영화(英華)가 겉으로 드러난 것은 꾸며서 마련해 얻은 것이 아니었습니다.

저같이 천박한 사람이 어찌 시를 알겠습니까. 비록 그러나 시를 짓는 사이 사람으로 하여금 감발(感發)하여 스스로 그만두지 못하는 것

---

130 입경존성(立敬存誠) : 『서경』 이훈(伊訓)에 "공경의 도리를 세우되 어른으로부터 하여[立敬惟長]"라는 말이 있고, 『대학장구(大學章句)』의 팔조목(八條目) 가운데 성의(誠意)가 있음.
131 육허(六虛) : 상하 사방의 극한을 포괄하는 우주의 공간.

은 무엇일까요? 아마도 그 본존(本存)이 있기 때문일 것입니다.

저 구름과 먼지는 내가 멈추거나 움직여서가 아니라, 그 스스로 멈추고 그 스스로 움직입니다. 물고기와 새는 내가 춤추게 하거나 뛰게 해서가 아니라, 그 스스로 춤추고 그 스스로 뜁니다. 그 또한 스스로 알지 못하고, 내 하늘은 저 하늘과 주류관통(周流貫通)하고 참전의형(參前倚衡)¹³²하여 처음부터 피차 떨어뜨릴 수 없으니, 어찌 눈과 귀를 쓰고 손과 입을 빌리겠습니까. 유정(有情)하여 그러는 것이 아니라, 비록 무정(無情)하여도 또한 있다면, 내가 그대의 시에서 감동을 받기로는 내가 그대를 잘 알아서가 아니라, 그대의 학문이 뛰어나고 충성이 순수 독실하고 가득 차 밖으로 흘러넘쳐, 나로 하여금 알지 않을 수 없게 합니다.

아, 세상의 학자가 조존지양(操存持養)¹³³의 실제에 눈을 잘못 떠 한갓 언어 문자의 공교로움만 섬기니, 이는 그 마음이 벌써 성실하지 않은 것입니다. 성실하지 않은 마음으로 천지 귀신의 깊은 뜻을 살피고자 한다면, 먼지 낀 거울을 가지고 만상을 비춤과 같습니다. 그 근사(近似)함을 찾아도 어찌 얻을 수 있겠습니까.

도문(都門)에서 한 번 이별하면 다시 만날 기약이 없으니, 가시는 걸음을 바라보며 부질없이 슬퍼할 따름입니다. 종이를 펼쳤으나 망연하

---

132 참전의형(參前倚衡) : 충신(忠信)·독경(篤敬)을 항상 생각하고 잊지 않아, 서 있을 때에는 충신·독경이 앞에 참여하고, 수레에 있을 때에는 끌채 끝의 나무에 의지해서 본다는 말로, 여기서는 전용되어 언제 어디서나 보이는 듯하다는 의미. 『논어(論語)』, 위령공(衛靈公).

133 조존지양(操存持養) : 본심을 보존하고 본성을 기름. 본심을 잃지 않기 위하여 착한 성품을 양성함. 정신을 수양함.

여 생각한 바를 풀어낼 수 없고, 이로부터 서로 바라는 것은 다만 한 하늘의 밝은 달일 뿐입니다. 불선(不宣).

○성 취허 공에게 드리는 편지

다리목에서 한번 이별한 뒤, 말은 아직 있지만 일은 벌써 꿈속에 떨어져, 안부 인사를 여쭙지 못합니다. 사신의 배는 점점 쓰시마에 이르러, 동서 두 도시는 천리나 멀어집니다. 비록 지극한 사랑을 크게 입었으나, 좋은 일에는 궂은일도 많아 손을 잡고 정성을 다할 수 없었으니, 어찌 하늘의 뜻은 사람의 뜻과 맞지 않는지요. 슬픈 생각이 이에 이르러, 돌돌(咄咄)하며 빈 하늘에 씁니다.[134]

10월 2일, 심부름꾼을 시켜 편지가 오사카에 다다르니, 말씀은 벌써 기조(記曹)에 드렸습니다. 답장이 이르지 않았는데, 이에 길 떠날 준비를 단단히 챙기느라 바쁜 가운데 답장 드릴 겨를이 없었을 따름입니다.

근자에 목 국담(木菊潭)[135]이 명공(明公)의 아름다운 시를 얻어 아끼며 보관해 오는데, 비단 십오성(十五城)[136]이 아니라 천리라도 잊지 않

---

134 돌돌(咄咄)하며 …… 씁니다 : 진(晉)나라 은호(殷浩)가 제명(除名)되어 평민으로 전락한 뒤에 하루 종일 공중에다 뭔가 글씨를 쓰고 있었는데[終日恒書空作字], 사람들이 몰래 엿보니 바로 '돌돌괴사(咄咄怪事)'라는 네 글자였다는 고사. 『세설신어(世說新語)』 출면(黜免). '돌돌괴사'는 놀랄만한 괴이쩍은 일.

135 목 국담(木菊潭) : 기노시타 토라(木下寅)를 말함. 기노시타 순암(順庵)의 아들로, 자(字)는 여필(汝弼)이며 호가 국담임. 다이라미로(平三郞)라고도 부름.

136 십오성(十五城) : 조(趙)나라가 보옥(寶玉)을 얻었는데 진왕(秦王)이 그 보옥을 자기의 15성(城)과 바꾸기를 청하자, 인상여(藺相如)가 옥을 가지고 갔더니 진왕이 15성을 줄 생각이 없으므로 인상여가 도로 옥을 가지고 돌아왔다는 데서 따옴.

으려는 정성은 저 또한 이를 위해 변감(抃感)합니다. 쉴 새 없이 떨어지던 좋은 시를 필묵으로 담아 상위에 길이 놓아두어 슬픈 마음을 달래려 합니다. 머리를 바다로 돌려도 구름기둥은 몇 겹이나 떨어져 있는지 알 수 없고, 바라보지만 미치지 못해 찌든 가슴이 날로 함께 쌓입니다.

여기 국담이 바치는 편지가 있어서 몇 마디 부탁합니다. 반곡·창랑·동리·신재 여러분 모두 무고하신지요? 행렬이 떠나려 하매 생각을 다 적지 못하고, 붓을 잡고 못 잊어 하며 염려하노니, 나머지는 혜량해 주시옵길. 불선(不宣).

임술년 11월 7일. 진택(震澤) 야나기가와 고(柳川剛)

和韓唱酬集 卷三

書牘。

○《奉呈正使東山尹公啓》

伏以四牡遙馳千年, 結兩邦之盟, 雙魚長涉萬里, 凌三伏之暑。即今
鄭 子羽修飾, 堂堂屬辭, 異日漢 終軍功勳, 赫赫靡節, 中外具瞻, 簪紳
交快。恭惟, 正使東山 尹公閣下, 雞林孕秀, 鯷域鍾靈, 才並四夔, 名齊
三鳳, 養取日回天之雅望, 當經文緯武之英標。凤進步龍尾階, 終登身
鰲頭禁。一代絲綸炳若, 薰班香, 凝宋艷; 五經同異醇乎, 祖周《誥》, 憲
殷《盤》。手披雲漢, 摘奎、壁[1]光芒, 胸儲象羅, 歟乾坤奧秘。藻思倚馬
而振, 袁虎恍退舍; 彩[2]筆生花且爛, 江淹頓褫魂。鳴驪華轂擁雕力, 霑
主恩爾深; 航海棧山持金節, 隨王事靡鹽。燕頷虎頭, 旋旆之日, 應得
萬里封侯; 嘯風弄月, 滿囊之詩[3], 已及三千餘首。坐高館思象魏[4], 無
如潘孟陽酣綠蟻于山寺; 陟崇岡望親舍, 有似狄仁[5]傑顧白雲于他鄉。

---

1 "壁": 底本에는 "璧"으로 되어 있으나, 용례에 따라 "壁"으로 고침.
2 "彩": 底本에는 "綵"로 되어 있으나, 용례에 따라 "彩"로 고침.
3 "詩": 底本에는 "時"로 되어 있으나, 문맥에 따라 "詩"로 고침.
4 "魏": 底本에는 "巍"로 되어 있으나, 용례에 따라 "魏"로 고침.
5 "仁": 底本에는 "人"으로 되어 있으나, 인명에 따라 "仁"으로 고침.

允忠允孝, 世胥奉爲指南; 禮云樂云, 群已空于冀北。剛鹿鹿庸流, 魚魚下品, 撫鑿柄之難諧, 安告窊之不振, 奮短翮于槍楡, 未知鴻鵠圖天; 躍纖鱗于涓滴, 還怪鯤鯨擅海。抱燕石自珍, 足敢獻縣黎結綠之下。着虎皮何事, 豈其驅神驥、祥麟之前? 慕藺倍切常情, 企星輒, 曷勝雀躍? 識荊宜先各輩, 佇仙袂未逐梟趨, 寧容披雲霧覩青天? 只思彈琅璈, 飫餐絳雲。伏願暫頒軫念, 聊察蓬心。揄揚莫罄, 式歌文憲之菁莪; 偵候寔難, 謹貢小子之葛藤。感深一顧, 錫重百朋。伏惟台慈, 特賜鑒察。不備謹啓。

壬戌仲秋, 震澤 柳剛頓首拜。

○《奉呈副使鷺湖李公啓》

伏以皇華新除, 六曹仰絶倫之望; 玉節高擁, 八道推專對之才。都邑爭先覩, 如景星、鸞鳳初出; 風雲護跡從, 似殷雷、蛟龍忽搖, 價重南金, 聲高北斗。恭惟副使鷺湖 李公啓閤下, 地紀儲精, 天章毓粹, 爲鹽爲梅, 調神鼎之氤氳; 或舟或楫, 濟大川之浩瀚。甄提圖書開闢奧, 聖學宗傳有歸; 硏竆性命設津梁, 人倫明敎玆建。文起八代, 詩跌三唐, 寒灰腐草, 再發焜芒, 土鼓蕡桴, 自愜律呂。梁園擒藻, 彩[6]毫揮處氣如霓; 天祿攷書, 青藜光中眼若電。茹古涵今, 仲舒、崔琳汗流走且僵; 履忠竭孝, 曾子、馬生頭點奬應褒。扶桑陰裏, 奕葉垂英; 析木林中, 交枝結蔭。星槎遠涉北海, 華轂頻指東都, 草木知名, 江山擢秀, 堪笑張博望, 空致葡萄; 合齊太史公, 宏著簡策。礪帶永親隣, 乾坤爲奠位, 驤首騰懽, 揚眉煥彩。剛蓬蒿末學, 塵土棄才, 行能樸遫, 每懷刻鵠之羞, 章句么麽, 徒習雕蟲之技。蚊負易隮, 鼯窮何補? 萍跡二十年, 茗

---

6 "彩": 底本에는 "綵"로 되어 있으나, 용례에 따라 "彩"로 고침.

棲三千里, 第恐入洛遠謝士衡之雋, 題橋雅非相如之流。金根屢誤, 鐵
硯將穿, 匏瓜愁不自棄, 瓦礫或生輝。高名轟耳, 如殷雷震域內; 征斾
遮眼, 似濁世俟河清。蕩洋江海水, 豈不容蹄涔細鱗哉? 㒺東峯巒壞,
已積履迹培塿矣。所賴鴻慈, 廣開龍門, 許半面之識, 聊察鼠腹, 假單
時之緣。軫其迷方, 賜以發藥, 有造之德, 授療養于扁盧, 無用之材,
逢斲斳於匠石。惟深感激, 無路趨陪, 叨修短簡, 謹獻微悰。伏祈玉函
金封, 夙竟兩國之盛禮; 紫繡綠袍, 長膺千年之鴻休。伏惟台慈, 特垂
鑒念, 不備謹啓。

　年月日 姓名 同前

　○《奉呈從事竹菴朴公書》

　星槎凌漢, 仙軒衝雲, 卽辰溽暑尙酷。恭惟閣下, 碩德重望, 接武夔
龍, 簉羽鵷鷺, 天人眷相, 載驅脩塗, 台候動止萬福, 無任欣悚。僕弊
邑末品, 陋巷腐儒, 惡足以通姓名於左右哉? 然慕德之思, 不啻飢渴之
於食飮也。顧分位夐別, 由是不敢猥冒晉謁也。昔儀封人請見孔子曰:
"君子之至於斯也, 吾未嘗不得見也。" 蓋自言其平日不見絶於賢子也,
而孺悲之所退也、陽貨之不遇也, 其義高下、細大, 何敢比之封人哉?
僕雖不敏, 於閣下未必至若孺悲、陽貨之有拒也。僕矗梧讘劣, 無襪
線之長, 居恒跼蹐衡門之下, 守兎園冊子, 抱病養拙粗適於心, 不願其
外。所謂足不跡公卿之門, 名不譽於大夫士之口, 已有年矣。是非敢
尙志傲世, 有所自抗顔也。譬之弱羽傳枝, 不能軒擧, 獨戀戀楸樸之際
耳。又惡知鴻鵬之搏天, 騕褭之躍地哉? 征斾之臨都下, 如景星之麗
天, 走卒、兒童爭先, 覩之爲快, 而僕獨不能趒然爲之動志哉? 況儌舘
咫尺, 門扉相臨者? 區區私情, 終不自抑, 而但地分崇卑, 無如之何也
耳。雖然希賢之念, 何復異封人邪? 自愧無封人之賢矣。裁俚辭一章,

以獻笑從者。倘脅其義、憐其愚, 誤賜情覽, 誠望外之榮矣。千萬鄙
悚, 統祈垂鑒照。不備。

年月日, 姓名同前。

〇《呈成學士翠虛公書》

向者始接丰采, 過受眷厚, 發所未喩, 道所未及, 而懇懇敎督之。此
固夙昔所願而未聞者, 一旦獲之於執事。嗚呼! 古人正如此也耳。夫
翫磧礫, 而不窺玉淵者, 未知驪龍之所蟠也。習敝邑而不覿上邦者, 未
知英雄之所躔也。僕淺才無狀, 何以窺且知哉? 惟片言半簡間, 津津有
足動于人者, 僕 雖欲不知而不能不知。於是倍信執事道德之殷, 而才
識之大也。執事謬稱, 僕文有足觀焉, 慚愧汗流, 不能自解, 非苟逆盛
意以辱知己, 顧私情欲然, 不敢須更寧也。古之人豈有意爲文哉? 惟其
脩道也, 深其積德也, 篤養諸內被諸外, 不得已而後, 假文以發之。唐
虞以上, 遠不可徵, 然觀詩書數十篇, 都、兪、吁、弗之聲, 典章、文
物之懿, 若躬立其朝, 而親聞其言。至周制作則大備, 孔子稱其文, 殊
嘆禮樂、經綸之盛。是以雅頌之所陳、誥命之所垂、易禮之所論, 著
和而恭、寬而密、簡而明、嚴而正、潔靜而精微、儉讓莊敬, 而易直正
大。春秋之作, 筆則筆, 削則削, 一字之褒, 榮于華袞, 一字之貶, 嚴于
鈇鉞, 而只是當時實事, 固由舊史記載。凡此數者, 未嘗有意爲文, 而
遂作千萬世之衡鑒矣。孔子歿, 諸子各著書, 多者百餘篇, 少者數十
篇, 其道德功業, 未必及聖人, 而其心又未嘗在文, 欲一以講明道德,
使倫常出于紀綱, 故辭達則已矣。游、夏之徒, 以文學稱, 而其所言,
皆止孝悌、仁義之實, 敢無一言度浮華, 則古之所謂文者可知矣。自
漢以降, 豪傑之士, 踵武並起, 徒以文爲業, 務擅著述, 宏言博論, 索隱
極遠, 搜輯艱深之字, 張皇瑰異之辭, 欲沽美於當時, 取信於後世。若

相如、揚雄殊其渠魁也耳。雖然至求所謂合乎道、達乎德者，寥寥無
復聞焉。自此後學者，轉相沿習，不知有古文。六朝下迄五季，穠華孅
巧，極其琱節，天下靡然爲風，譬諸眾芳之向殘春，艷色雖堪看，而生
意已減；譬諸驥騄之臨暮景，步驟頗逸，而神氣漸乏，或終無語可傳焉。
唐昌黎氏，崛起六經殘缺之後，而道爲己任，奮然大鳴之，刮剔洗滌，
力去浮弱，欲一歸于正。其文章長短、舒縱、開闔、抑揚，神詭萬狀，
出有入無，崒然而崇，淵然而深，震蕩天地，照耀古今，以爲聖人之道，
惟在于此矣，而道不逮文。宋之隆，廬陵之端嚴溫厚，眉山之雄渾流
轉，臨川、南豊之直截平易，互相師資輔翼，以爲一代冠，而要其造詣，
又昌黎氏之流亞也。濂洛、關閩諸君子，繼千載不傳之統，格物窮理，
闡幽發微，益明益章，論學必以達天德爲本，論治必以行王道爲崇。其
生色也，盎然若春陽之溫；其吐辭也，泛然若醴酒之醇。天人事理，內
外精粗，一以貫之，可謂醇乎！醇者也，嗚呼，難哉難哉！英邁如昌黎數
子，竭一代精力，道不逮文也如是；正大若濂洛諸君，發千載之秘，文
不勝道也如是，方今誰合而能一之？宜乎古文泯泯，竟不擧也，然則何
如可矣？魚吾所欲也，熊掌亦吾所欲也，二者不可得而兼焉，棄魚而取
熊掌，何也？其所重在此，而不在彼矣。天地之當于元會，清明純粹之
氣，盤薄充塞，無處不有，故日月倍明，不失其度；風雨倍從，不違其
時；山川倍秀，不易其位。龍鳳以藻繪呈瑞，虎豹以炳蔚凝姿，雲霞雕
色，有踰畫工之巧；草木賁華，無待錦匠之裁，是豈外飾？蓋有浩然使
然者耳。今夫人之於事，各致其曲，則何限？而要不過三綱六紀，脩身
正家數事，出此以往，擴充類推，黽勉用力，培其根、固其本，則言之
發也，不待思慮，而純粹端正，自有足法者矣。故曰：“仁義之人，其言
藹如也，雖不可能，吾將從焉。”由此觀之，與其文也寧質，與其工也寧
拙，僕之誦此言久矣。言之善、不善，於吾何撰焉？若乃使君如堯、舜，

致身如伊、周, 宣天地之精, 正生民之紀, 淑一世之風俗, 揭斯道於無極, 非吾小人所及, 是以平素碌碌與世伍, 未敢拘拘爲文。凡有感觸, 不得已而亦間發之不厭, 其意聊在給于用, 何復望道與文哉? 星軺臨此都, 千載一遇, 況肯降遜, 辱承知愛? 儻意有所思而不言, 何以見愚陋之區區, 質疑于君子? 因叨敍數言, 不覺墜於支離, 亦惟少垂諒, 謹呈野什, 伏祈痛賜竄削。外短簡三通, 奉呈正使尹公、副使李公、從事朴公, 各有題封, 顧分位尊重。僕蓋幾欲啓之而輒復中止, 但耿耿微哀不自已。執事固不鄙, 達之三使君記曹, 一經電矚, 何賜如此? 伏冀千萬丙照。不宣。

○《簡寄蓬洲詩序》

不佞家木鰈域, 尊公挺生葦原, 一在天之涯, 一在地之角, 大海間之水道纔通, 兩鄕之影響, 無由相接, 理所然也。惟玆兩國之使聘之際, 不佞以虛譽之隆洽, 濫被蓮幙之辭命, 涉此無量無邊之巨浸, 維舟於貴國之南浦。數日客於本國之淨界, 周章于鳳山、伊水之間, 歷見虎踞、龍盤之奇崛、壯麗之地, 又觀其城郭、樓臺之逶迤、縹渺之氣像, 及民戶之殷富、歌吹之沸天。左右流睞, 想其聖帝、名臣之往躅, 若騷人逸士之遺風, 俛仰宇宙, 自謂胸中洒然無芥滯, 欲與都人士, 操觚弄墨, 抵掌華屋之下, 大布礌磊之臟懷雅矣。馬島書記河內之小山朝公, 爲余先容一奇士, 引入閣上, 頎然其形, 瑩然其目, 體甚淸羸, 擧止閑雅, 意趣蕭敬。不佞心實敬焉, 起而揖, 語未卒已知其不羈之才, 國士無雙。仍問其人之姓名、鄕里, 則卽知柳川公也。公以木下順庵之高弟, 且有磊磊落落之壯志, 摳衣於賢師之絳帳, 逍遙於六藝之林, 薰染於百家之旨, 其爲成就, 未可量也。坐席未暖, 視以餘事之藁, 辱投於不佞。不佞披讀未了, 已覺牙頰生凉, 百骸九竅, 爽如嚼三峴之露。窺其閫奧, 以高古之文, 發洙泗、濂洛之源, 於其文章之小技也, 屑屑焉。
不佞讀其文, 知其人, 盖且深也。不佞以幕中擾攘, 不及報答之際, 安
公愼齋, 又持柳川之和章, 坫五古大篇, 而投示不佞, 忙手開緘, 諷詠
未半, 滿紙驪珠, 色動於中夜, 盈把藍玉, 光射于客榻。美哉, 渢渢乎!
雖古人之修辭立誠, 哲匠之珠坐、璧馳, 比之鳳樓之高手, 則當在風軒
之下矣。不佞萬里涉海之餘, 恒在困頓之中, 未能效子產、叔向之縞
苧之報, 只將一首俚語, 答其萬一, 譬似燕石之於和璞, 鉛刀之於龍泉,
厥價之貴賤, 未暇論也。略陳梗槩如右。

壬戌仲秋, 朝鮮通信製述官成翠虛書於西京寓中。

《擇師》《謝扇》二詩載別卷。

○《題雪溪文稿序》

不佞以槎役赴葦原, 來往東西, 所接賢士夫, 旣至數百餘人。掉鞅遊
刃於詞林、學藪之間, 前後累月矣。於其巨擘得一人, 曰順庵 木公,
以博學宏詞名於世; 於其門下得一人, 曰雪溪 柳公。公小以不羈之才,
受業於順菴, 盡得其淵源, 內積經史, 外發詞華。其爲探賾研窮, 多歷
年所, 高之爲山岳, 大之爲河海, 明之爲日月, 幽之爲鬼神, 纖之爲草
木花實, 無不唫哦, 於其遣懷詠物, 無不括囊中鵠, 渢渢有大國風矣。
間有黃初開天之空中音相中色, 而不愧於賢師之所。 就將以善鳴者,
大鳴其國家之盛, 吁亦异哉! 不佞恨無薔薇露盥手捧讀也。不佞旣與
雪溪, 心親久矣。今當遠離, 重於懇要, 臨其翻別, 拔筆識之。

龍集玄默閹茂菊月下澣, 朝鮮 翠虛居士序焉。

○《又與成學士書》

夭夭其花, 蓁蓁其葉, 人視而以爲春風之所着, 獨在于桃也。幽香凝

玉, 嫩藥攢金, 人視而以爲秋露之所濕, 獨在于菊也。天之生物, 抑有
私纖毫哉。然其純駁厚薄之分, 乃由時與物之善不善耳。今觀公詩,
清新雅健, 有出塵浚霄之思。豈其鍾一方靈秀, 而賦之于公者乎。貫
休有云乾坤有清氣, 散入詩人脾。在詩人則爲詩, 在文士則爲文, 曰德
曰才, 猶于詩于文也。余與公相見之日淺, 薰炙未洽, 公冗塡委, 未嘗
獲諄誨, 徒視其詩, 以爲公乃善詩者也。是何異於知桃菊之於春秋, 而
不知梅杏蕙蘭松栢篠篁, 各受夫清氣。發之英, 含之色矣。雖然, 古人
嘗一臠, 而盡全鼎之味者, 其爲能用心也。公道學德業, 其所至, 焉不
可量, 而知之與不知, 在于余鄙人矣, 於公何增損焉哉?

○《與李鵬溟書》

尊和六首, 薰沐捧誦, 一篇工於一篇, 一格高於一格。煙雲變化, 本
無定態, 由之想之, 足下其殆溫柔和厚, 郁郁乎若春者也。敦篤於君臣
之義, 而繾綣於親朋之情者也。清談高論, 和不流, 威不猛, 命酒賦詩,
風流嚴莊, 未曾離於繩墨。又未嘗縛繩墨矣。世有如斯人, 而徒以文
字, 執交及不知言者也。足下縱掩藏于外, 僕無乃不愧于心哉。謹賡
前韻, 聊竭敬仰之意云。

○《震澤丁下謹呈書》

玉韻帶瑤札, 賫至披讀再三, 忻倒十分。況翁雲紙之惠來, 尤出尋
常, 鳴射你你, 無以爲喩。聞有東邁之期, 可得源源相見, 病臥姑草盛
諒。

壬秋八月上浣, <u>李耳老</u>。

○《題雪溪文稿序》

余隨星槎, 遍葦原, 領畧湖山之勝。盖詩之蓬壺者不誣, 而其中琵琶湖, 獨擅名, 專有高士震澤, 住其間, 斯豈非地靈人傑者耶。讀破千卷, 以文章鳴於世, 且工詩律, 聲韻之清絶, 氣習之豪爽, 自非俗士流輩可及。余始館于此, 幸識荊, 又在東京之日, 來贈一篇詩, 而未及和。今幸再會於斯, 遂臨別數一語, 以贈之。又掇文稿序數行, 當異日之容顏。

壬戌菊秋, 李耳老 鵬溟。

○《與安愼齋書》

僕於足下, 雖相晤之日頗賤, 相知之誼甚深, 語言不盡通, 而心已能察之, 足下之於僕, 則亦然也。承教不爲不敏, 且媿迂疎以莫, 當盛意, 何天之妬人, 公事塡駢, 加以雜賓旁午。足下有暇則僕不暇, 僕有暇則足下不暇, 空羨平生十日之飲, 不得悉吐心曲, 而談道德, 以痛施鞭策于蹇駑之後。征旆忽東指矣, 不知復以何時, 卜聚首之期。嗚呼, 林有鶖鶩, 水有鰊鰊, 而世獨得無儦儦之人乎。古人所以爲銷魂不忍也, 巽不可以人, 而不如魚鳥矣。日來, 捧誦前後高作大篇, 連城卞璧, 警忽前來, 照乘隋珠, 乍爲重出。裁答抱歉之際, 班馬臨歧, 陽柳蕭條, 無心攀折, 向風於邑。天若假良緣, 足下返旆之日, 令雲山勿改風景, 依然再盤桓於筆墨間矣。野什若干首, 聊充渭城斗酒。

○《復柳震澤書》

僕自入貴境, 謂必有奇士者, 間或見之而猶未也。 及見足下而後, 充然心滿, 懽然誠服, 譬如入寶肆得所欲而歸, 則自餘固不論也。足下西京之翹楚, 容貌玉立, 加以詞華, 逸發咄咄, 驚人何其奇哉。昔者投我以瓊琚, 今又示我以誠款, 不料千里海外, 得良友, 足忘羈抱, 于以見君子愛人之盛意也。僕雖謏劣無才，然猶知人之善，而喜道於人。
今持足下諸作，而歸故國，試出而示人，則人得以知貴國文獻之盛，而
足下之名，從此而播三韓矣。如是，則其可以報足下知遇之恩乎哉。
僕與足下，生在異國，萍水相逢可謂奇，而彼此公冗，逕杳無暇，不得
從容接高論，而吐衷曲。新知之樂未洽，而馬首東矣。好事多魔，何恨
如之。顧念此去東都，將千餘里，不過二簡月，則當返路矣。其時再與
足下，把一盂酒，奏羑洋而歌陽春，則不亦樂乎。惟僕日望之，足下以
爲如何。惠詩一章，謹步以復，電覽覆瓿，其會可。

壬戌之八月六日，<u>愼齋</u> <u>安伯倫</u>奉復。

詩載別卷。

○《與安愼齋書倂詩》

數日陪從，未竭曲欵，使輶載脂，彼此鞅掌，<u>餞祖靡由</u>，萍水遭逢，自
有常數，而以別最難爲情。堀水橋頭，是河梁千古悒悒之思，豫懷之使
人顰蹙，豈其多病之人，常易感物而然哉。如左右小子，復仰斗懸戀，
而不自禁。是知淸氣入人之深而亟也。疇昔諭帖，丁寧懇愊，不啻面
命而耳提，古人所謂隻字片言，皆可書而誦者，於是乎見焉。僕有師
命，明曉赴東都然則，雖暫分袂再會，纔在浹旬之中矣。第恨同途異
日，不能執鞭從後耳。治裝甚劇，千萬鄙悰，統垂丙察，外俚什一首，
謹呈梧右，倘會翠虛諸公，請爲致此聲。秋風嫋嫋別魂迷，君向東都我
尚西，今夜各天明月影，相思兩地淚痕低。

壬戌仲秋七日。

○《奉呈震澤公詞案下》

十把團扇，帶詩而到，錦繡金碧，光輝燦爛，情人之魂，感人之心，一

唱三歎, 十襲珍藏。謹搆荒詩, 仰瀆清覽, 左錄藥丸, 聊表芹忱, 物唯
些甚, 辛冀莞入。

　　醫師鄭正子昂。

○《奉寄震澤詞案》

　乍接光範, 焂爾作別, 悵缺之懷, 彼此何異。足下之到此, 未知幾日,
而僕亦幸陪老爺, 無事得達, 欣荷曷喩, 拙語誠無足觀, 而聊以寓嚮慕
之忱耳。

　　壬戌仲秋下浣, 滄浪。

　　詩載別卷。

○《復洪滄浪書》

　景仰之思, 無日不注, 稅駕未久, 俗冗錯迕, 頗苦將迎。是以欲速奉
候問, 延滯到此。忽辱教翰, 副以瓊篇, 莊誦卷舒, 怳如接紫宇, 親承
謦欬。嗚呼, 公愛人之厚, 實如此, 而僕之執禮之疎, 實如此, 殆有似
于不遜, 慼鬼終日, 不能自解也。向者, 到本誓寓館, 謁翠虛・盤谷諸
公, 佗傯殊甚。且時及昏黑, 守閤告禁故, 未暇傳言于左右, 倉卒辭去,
非敢忘于懷也。頓聞公之此行奉嚴君, 俱來異域, 脩途水陸無恙, 何幸
若此哉。古之人, 持笏廟堂, 靡節侯甸, 寵光聲燄, 人以爲榮矣, 而於
顧雲倚閭之愁, 逐未能免也。若夫遨遊于江湖之上, 棲遁于丘壑之中,
無芥帶者, 所謂忘形骸, 絶倫理之徒耳。公誠東國之彥, 而明主擢之于
上, 多士推之于下, 其光榮又何如哉。然使公難幃辭國, 缺晨昏定省之
養。雖受封于萬戸, 豈自慊于心哉。二王之臨險叱御, 誠無奈忠孝不
並立也。蓋公平昔, 事君奉親之衷, 天鑒至于此也耳。然則榮旋之日,
承寵膺福, 可不蔡而知矣。僕陋巷鯫生, 偶接光儀, 忽荷知己之感。盛

眷所傾, 謹有銘于心。況西東各天, 數賜佳什, 疊璧聯珠, 璀璨照人,
神龍游戲, 常以尺木爲奇, 則奚啻長篇大作, 始窺其端倪哉。所憾公私
羈牽, 不能握手, 綢繆于罇俎之間, 談說古今, 商畧文章, 以受甄陶之
益也。古人有言曰, 恩愛苟不虧, 在遠分日親, 不知公以爲何如。感悚
之餘, 敢忘荒拙, 謹效瓜報, 旅邸跼蹐, 左右掣肘, 聊不遑搆思, 雕篆小
技, 恐不當繩墨。伏願公棄其詞, 而取其心, 可也。不宣。

　壬戌仲秋下沅。

　○《奉副使鷺湖李公書》
　隱道飄蓬之士, 搜奇耽幽, 常極雲林泉石, 峯巒江海之遊。然往往埋
光鏟采, 杜門韜晦, 避人躊躇, 只恐蹈于城塵, 是以耳目所及, 不過編
境一隅之中。宦臣羈旅, 行李遷謫, 其力足以凌輿馬舟楫之勞, 飽羸縢
履蹻之辛。投要荒而抵邊垂, 是以其心思動所牽, 而褰裳望雲, 壹鬱不
暢。嗚呼, 山川未嘗厭人, 而人不得悉至焉。心思業已無窮, 而耳目或
爲所礙。朝鮮在天之一方, 其詳不可得知也。然若丸都神嵩之崢嶸,
鴨綠漢江之浩渺, 其勝殆不減中土。方今使軺之來國都, 至于釜山, 凡
幾程釜山, 至我馬島, 又凡幾程此間, 豈無巉嵓頏洞瓌異怪特之觀哉。
且自我西州, 迨玆都, 鼉官蛟窟, 駭浪驚濤, 畿數旬而達, 所歷疆域, 凡
百千萬里。憑高望遠, 舉杯搖筆, 其氣韻軒翥, 豈復知天地之大, 秋毫
之小邪。自古搜奇之士, 聞其勝, 而思其遊, 惟以其險且遠, 或有邦憲,
禁獨恣行。於是乎, 有跂而慕, 想而像焉者, 自非夫唧命差使者, 終其
身, 無由一至焉。其偶至者, 憚勞恐險, 遂忘其爲勝。於是, 離羣懷鄉
之心深, 而躋攀問尋之期靜, 感時傷世之情起, 而壞異怪特之看易。嗚
呼, 雖幸爲聞見之所暨, 而其心思壹鬱, 有不能咏牡遊之觀, 而暢磊落
磅礴之氣也。飄蓬趺宕, 雖幸無牽連之累, 而耳目不廣不遠, 則其顯于

言辭者, 復狹隘, 而優遊溫厚之旨薄矣。今相公旣極其國勝槩, 且尙奉命, 使萬里之外, 名山川, 新築舊蹟, 草木鳥獸蟲魚之情皃, 可喜可愕, 無不悉聞而周覽。是以其賦險也, 可以使人, 讀之肩聳股慄而悲恐, 其咏勝也, 又可以使人, 心馳神動而飛揚。夫以宦臣羇旅之身, 而兼飄蓬隱遁之情, 則上下古今如相公者, 不易多得也。相公之於詩, 姿態縱橫, 難以一律, 論節和而莊, 理暢而逸, 若九天仙人, 謦咳珠璣, 步履雲霧。雖汪廧肅穆, 不敢狎視, 而神儀散朗, 使人意消, 若朝霞點水, 芙蕖試風, 紛郁艶麗。見之者, 罔不目貴其色, 心愛其華。閑肆警敏, 窮情盡變, 如電掣星流, 矢發機而駿歷塊, 所謂武庫之才, 取之無不有也。使隱遁之士, 讀相公詩, 雖不能以踰海涉岾, 而坐致百千里之勝于几席之間。使宦臣羇旅之士, 而讀相公詩, 乃以會于其景象景寫之美, 激揚觸發, 乍忘乎其勞, 解乎其憂, 沛沛乎, 起再遊永眺之思。然則先之常相違, 而常不相値者, 皆將于公之詩乎, 有得也。義當螢晋謁于記曹, 以攄情眄, 惟邦禁嚴重, 不許自恣。是以數違招命, 蓋事似于不敬, 而其實謹法憲之故, 不量忽拜光範, 親承謦欬也。此實一生難再之榮, 語言雖不通, 僕深感恩意之厚矣。飆御遽歸, 仙凡永隔, 一作弦矢, 後會無涯, 則戀戀兒女之態, 終不能自已。敢綴蕪詞, 庸效葵忱。伏祈鴻慈, 垂照察。不備。

壬戌初冬二日。

○《呈翠虛成公書》

僕足跡未過數百里, 然小少寓于京師, 見四方賓客多矣。面與之交者, 不知幾許, 其於心相得而稱知己者, 未之一見, 抑僕之不合人乎, 人亦不合於僕也。征旆之臨此, 僕先往, 謁于左右, 豈思一朝立談之間, 執交如此也。僕實嘆世人學術識見不同, 各爲高論, 鷸蚌相持, 蠻觸相戰, 未嘗知爲道屈志。是以平居未敢與人語, 方今足下聞僕所言, 靦然悉知僕之意, 議論上下, 如出一口, 足下之賢, 豈私於僕哉。是以僕忘不敏, 盡傾肺腑, 以結慇懃之好。昔漢武帝, 觀子虛賦曰, 朕獨不得與此人, 同時哉。歐陽子讀幽懷賦曰, 恨翰不生于今, 不得與之交, 又恨予不得生翰時, 與翰上下其論也。古人景慕之深, 大率如此。僕何人生國家昇平時, 星槎涉海, 是誠千載一遇, 而一訣不可復見焉, 則無乃不凄然于懷哉。因念輯頃日獻酬詩或文, 淨書分注, 以爲一帙, 藏之篋笥。每念足下, 開緘誦之, 誦之思之, 自以賡其韻, 自以答其文, 卷舒出入, 纚纚不已。雖相去之遠, 相別之久, 未嘗不相談笑于几席之下也。古人情之至者, 必期於夢寐, 夢寐不得, 則求舊日賑贈束牘, 以暫寬凝望之思, 何況數日邂逅, 磁針相投, 水乳不背, 情義兩篤, 泛然溢于翰墨之表。豈尋常以文字爲交者, 比哉。願今乞足下數語, 而藉重傳之四方, 遺之後世, 千萬世之下, 千萬里之外, 人人讀之, 如僕之接足下于今日矣, 則非惟僕之爲幸而已, 乃千萬里之幸也, 千萬世之幸也。僕文飣餖攢簇, 自知其不足取, 若不得玄晏先生, 爲之弁冕, 縱研京練都, 祇足供人覆瓿, 況下此乎。伏冀察其私情, 爲一揮巨筆, 若其行文多少, 僕不欲效賣菜故態。分袂才二日, 如易裘葛, 盈盈淀河一條水杳, 隔萬里, 相見之難, 相別之易, 千古之所歎, 誠若是也乎。而不但自吾二人, 有今日無聊, 東西來往, 周旋飽德, 寧有忘于懷之時哉。只愧無木報之叶知己耳, 不堪遠望之思。茲崇脚力, 以候左右, 風霜漸嚴, 爲道保嗇, 千萬鄙悰, 伏祈丙鑒。不宣。

○《呈翠虛成學士書》

有才而無學, 與有學而無才, 不足共列作者之庭矣。有才有學, 而無神以宰之氣而帥之, 又不足以覆天地籠萬物, 而入纖毫微芒之間, 歸于斧藻淵懿, 錯綜神理。罔其中之所有, 符其質之所近, 使人讀之, 而一種光明, 磊落慷慨, 正大之氣, 隱隱起于筆端, 璨璨落于楮上, 凜凜乎溢于言辭之表。朝鮮之爲地, 其山川特秀扶輿, 淸淑之聚, 蜿蟺而鬱積, 故自古間, 有崇工鴻匠恢奇卓越者, 出乎其中, 想夫公之輩歟。嗚呼, 萍水偶逢, 況語言不同, 纔而鞮譯, 而通情志, 若余不敏, 安敢知其淵藪。雖然公稽留數日, 唱酬之作, 漸及若干篇, 則稍足窺一斑。公詩或文, 蓋雄渾爲崇, 雅正爲體, 其才無所不騁, 而馭之以法, 不入戰國之縱橫, 其學無所不閱, 而發之以嚴, 不流六朝之雕繪, 景無所不寫, 而依物寓意, 不爲楊枚之佶屈, 興無所不遣, 而臨時顧理, 不墜釋老之放誕, 內無涸思, 外無遺象, 如瀾也, 隨風而異紋, 如金也, 因冶而敷形, 神旺矣, 故有精彩, 氣盛矣, 故無弱調。然而公尙不以爲自足也。此其資性諄美, 雖出于謙遜之餘, 而要以公之才之學, 何事不就哉。凡取諸家之長, 而成一家之言, 將與古作者, 競爽于壇壇之上, 非公而誰哉。夫才之與學, 誠難兼有, 況神氣交于其中, 而爲之主張, 所以公之爲盛也。詩云, 惟其有之, 是以似之, 公其近之。僕嚮赴東武, 偶得觀公文稿, 未及終卷, 擊節驚嘆, 目絢神搖, 不自知其去取矣。蓋轉足崑崙絕上, 而下見丹霞赤水文犀玄豹雕麟紫麘氷桃碧藕錯落震耀者, 公之謂也。惜哉, 稽留不久, 刻日言旋, 未遑謄寫, 至今弗諼, 西京再晤, 紛冗殊甚, 羈絆相擾, 何以竭平生底蘊哉。疇昔解携, 惟相見相思耳。嗚呼, 自此而後, 相望爲悃悵之侕者, 杳杳雲樹, 一衣帶之河流也爾。抱比日周旋之感, 聊紓鄙衷, 以寓弁辭之意。此壯幸託杜句, 以傳于不朽者也矣。

年月。

○《與李盤谷書》

古曰, 文章與時高下。蓋言其關氣運之盛衰, 係政治之汙隆也。夫無窮者, 天地之理, 而不易者, 人物之性也。得乎理具乎性, 不以古今而異者, 人之心也。千載之上, 有異才, 焉出乎其間, 所得之理與今同也, 所具之性與今同也, 其心安得不與今同乎。千載之下, 有異才, 焉出乎其間, 同是理也, 同是性也, 其心安得異於古乎。今云古云, 人之所以字焉, 而非天之有故而改焉也。三代之遠也, 今以爲古, 羲農之皇也, 三代以爲古。奚知自羲皇推之千萬歲之上, 其爲今爲古, 而終不有今也。又奚知自今推之千萬歲之下, 其爲古爲今, 而更不有古也。嗚呼, 人之罔極, 以古爲高, 以今爲卑, 毀譽輕重, 從其時與人。又論地之中外, 宜乎。梓樟樗櫟, 混混溷溷, 遂不歸匠人之手也。朝鮮盤谷李公, 銜命使我國, 余幸從館伴之後, 與君邂逅數日, 視其爲人, 溫厚恭遜, 實出于資性, 而博宏卓識, 深窮于物理。其屬文如長江大河, 波瀾蕩瀁, 淵淵乎, 不見其涯涘也, 如商彝周鼎, 古色蒼然, 無追蝕之痕。其作詩若奎璧參婁森列, 麗天漢, 昭昭焉, 可仰而不可攀, 如紫蘭百藕, 倚畹立清池, 逸韻幽致, 可遠觀而不可狎親也。是蓋雖其心之感物, 而形于言者, 君不以爲至也。生乎今之世心, 存乎古窮理養性, 何如不至于此哉。余於是君之爲今人, 而君又不自知吾之坐古也。古道之廢久矣, 方今明主在上, 治敎休明, 風俗淳美, 山川鍾一方之秀, 生斯偉人, 愼修力行, 孳孳不怠, 文章鍛鍊, 杳出于比儔之外, 光赫烜曜, 發越先後, 于古今, 有不可掩者矣。然則謂之時可也, 謂之人亦可也。旅館咫尺之間, 理當伺候門墻, 承晨暮之誨, 而阻乖繽紛, 遂不能一促膝, 快擺邑鬱。文旆遽西還矣, 覿面之難, 已若是, 則再會之期, 終不可知焉。自此而後, 第仰雲對水, 寄思于萬里之外, 而比日酬和, 當爲他日之顏面耳。朔氣稍重, 爲道珍重。

○《與洪滄浪書》

古之人，以言爲文，文與言一也，今之人，以文爲文，文與言二也。
以言爲文者，在于心，而後發于言故，即其言而可知其爲人。以文爲文
者，無于心，而求于言故，言愈文，而其人不可知矣。六經者，聖賢之
言也，而其文章謹嚴正大，簡而明，平而高，中律合法，後世操觚之士，
焦心殫思，欲擬髣髴，不可得也。秦漢以來，縱橫組織，疊至百千萬言，
始視之也，如出五都肆，珠玉錦繡，雜錯成章，目驚神奪，不知所撰焉。
至沈思漸定，多是浮華，衒瑰異，而非日用的實之物。其如是，言雖富
也，何益哉。嗚呼，無于其意，而强求之，非徒病言，且病文，非徒病
文，且病人。宜乎，其人之文之不如古也。足下，不以文自居，然乘風
雲會，夙領顯職，又擁絳節，使萬里外，以修盛禮，以備專對，伶屬整
然，咸以敬命，敢無喧噪，且跋涉困頓，僕痛馬瘏，其幸勤又如何哉，而
無幾微，出於言，誠有古使臣之風。明主之所擢，輿論之所歸，自非其
平生忠孝卓越，以道躬行，曷能至此。故偶發乎言辭者，皆攄胸中所
有，不自知入雅馴。今讀出師，則倢然知其爲忠臣之言，讀陳情，則藹
然知其爲孝子之言，讀屈子書，悵然知其爲憂憤之言，讀陶潛詩，悠然
知其爲清節之言。通其言辭，而想其容貌，優優然如必有聞，肅肅然如
必有覩。其肝膽肺腸，歷歷可指，此謂誠於中，形於外，豈與夫哆口放
言，執耳詞壇，而抗顏欺人者，同日而語哉。足下之言，不必與文人，
潔短長，而言倍章文倍奇，則其中之所存，可知矣耳。故曰有德者，必
有言，有言者，不必有德，內外日致，言行無隔，可以爲法矣。醢雞井
蛙，欲贊一辭，而不能也。西東千里，往來會晤，薰襲芳徽，誠多矣。星
槎忽返，瞻望雲霄，不勝悵然之至。仍裁蕪詞一章，以代贐敬。不宣。

○《與安愼齋書》

雲之與塵, 不能歌, 而有時爲之遏且動, 魚之與鳥, 不能琴, 而有時爲之舞且躍。雖然, 雲吾知其非有耳而聽, 有心而通也, 塵吾知其非有目而觀, 有鼻而嗅也, 魚鳥吾知其有心有耳有目有鼻, 而非有人之嘗教而手之, 嘗肆而後喜其聲, 悲其韻, 出波而聽, 下林而鳴。蓋有所以使然者然矣, 万物各具一理, 万理同出一源, 人生天地之間, 稟天地之氣, 其體卽天地之體, 其性卽天地之性。豈有二致哉。故凡天下之事, 雖若人之所爲, 而其所以爲之者, 莫非天地之所爲也。自夫汩之以私, 撓之以慾, 恝恝乎, 遂不相似矣。是以, 學問之道, 立敬存誠, 內外交修, 無毫髮外誘之雜于其間矣則, 渾然一理, 周流于方寸, 通貫于六虛, 無所往而不充, 可以動天地, 可以感鬼神, 親疎遠邇, 洪纖動植, 皆足以爲吾有矣。朝鮮愼齋安公, 奉槎役, 駐節於西京精舍, 余在館伴之側, 結交于翰墨間, 數日應酬絡繹, 漸盈卷套。君爲人, 其氣壯故, 其辭雄渾而敦厚, 其學博故, 其辭深宏而奧密, 其志忠故, 其辭感激而正直, 其行廉故, 其辭蠲潔而淸勁, 是皆英華, 著於外者, 非以雕裁, 襲而求焉。若余踈鹵淺薄, 惡足以知詩哉。雖然, 吟咏之間, 使人感發, 不自已者何也。抑以有其本存也。夫雲塵非吾遏之而動之, 渠自遏焉, 渠自動焉, 魚鳥非吾舞之而躍之, 渠自舞焉, 渠自躍焉, 而渠亦不自知, 吾之天與彼之天, 周流通貫, 參前倚衡, 不能始有彼此之隔, 尙何耳目之用, 而手口之假乎。非惟有情爲然也, 雖無情亦有之然則, 余之有感于君詩也, 非余之能知君, 而君學問優瞻, 忠誠純篤, 弸中溢外, 不能使余不知也。嗚乎, 世之學者, 眯操存持養之實, 而徒事於言語文字之工, 是其心旣不誠矣。以不誠之心, 而窺天地鬼神之蘊, 猶持塵昏之鏡, 而鑒萬象也, 求其近似, 豈可得也哉。都門一別, 後會無期, 瞻仰行塵, 空惆悵耳。臨楮惘然, 不能陳所思, 自此相望者, 只有一天明月矣。

不宣。

壬戌初冬二日。

〇《呈翠虛成公書》

橋頭一別，言猶在耳，事已落夢境，不審文候，起居冲祐。征帆漸達馬島，否東西兩都，追隨千里。雖蹤衆承誼愛之殷摯，好事多魔，不能握手，竭誠愫，何天意之不恊人意耶。悵缺之思，到今咄咄，書空，初冬二日，崑小伜，齎書抵于大坂，言旣呈記曹矣。而回柬竟不至，顧是嚴裝，雜糅之間，不遑裁答也耳。近者木菊潭，獲明公瑤篇，玩弄珍襲，不但十五城，而千里弗諼之誠。僕亦爲之抃感。嗚呼，寶唾霏屑之垂于筆墨者，長留几榻之間，以慰惓惓之恨。回首海上，不知隔雲樹幾千重也。瞻望不及，塵襟其日俱積。茲因菊潭奉書，聊托數言，盤谷、滄浪、東里、愼齋諸公無恙否。行李驟發，不盡所思，把穎耿耿，餘惟照亮。不宣。

壬戌仲冬七日。震澤 柳剛。

【영인】

書啓

○奉呈

正使東山 尹公啟

伏以

四壮遙馳十年結フ

兩邦之盟ヲ

雙魚長渉萬里凌三伏之暑即今鄭

子羽修飾堂々屬辭異日漢終軍功

勳赫々靡節ヲ

中外具瞻

簪紳交快よ　恭惟六

正使東山尹公閣下

鯷域鍾靈

雞林孕秀

才並四藥

名齊三鳳

養取日回天之雅望

當經文緯武之英標凤

進步

龍尾階終

一代綸綸炳若薫班香凝宋艶五経同異

登身熬頭禁

醇乎祖周詰憲殷盤

手披雲漢摘奎璧光芒

胸儲象羅歎乾坤奥秘

藻思倚馬而振袁虎恍退舎

綵筆生花且爛江淹頓覚褪魂

鳴驪華轂擁雕力

主恩兩深航海棧山

露

持レ金レ節ヲ隨ㇵ
王事靡盬ㇵ

燕頷虎頭
旋旆之日應ㇸ浮ㇺ萬里ㇷ封侯ヲ
嘯風弄月滿囊之時已及ヒ三千餘首ニ
坐ㇳ高館ニ思ㇷ
象巍無ㇵ如ㇱ潘孟陽酣ㇵ綠蟻ㇲ于山寺
陟ㇵ崇岡ニ望ㇺ

親舍有似狄人傑顧白雲于他郷

允忠允孝世胄奉爲

指南禮云樂云群已空于冀北剛鹿

鹿庸流魚魚下品撫鑒枚之難諧安

岩竅之不振奮短翮于枌榆未知鴞

鵠圖天躍纖鱗于涓滴還怪鯤鯨擅

海抱燕右自珍足敢獻縣黎結綠之

下者虎皮何事豈其驅神驥祥麟之

前慕蘭倍切常情企

星軺昌勝雀躍

識荊宜先各輩佇

仙袂未遂島趣

寧容披雲霧觀青天只思彈

琅璈飫餐絳雪伏願斬頒

軫念聊

察蓬心揄揚莫罄式歌文憲之菁莪

偵候寔難謹貢小子之葛藤感深

一顧

錫重百朋伏惟 台慈特賜鑒詧不備謹啓

壬戌仲秋 震澤柳剛頓首拜

○奉ル呈ル

副ー使鷺ー湖 李ー公ニ啓

皇ー華新ニ除ス

　伏ノ以ヲ

六ー曹 仰ク

　絶ー倫ノ之ー望ヲ

玉ー節高ニ擁ス

八ー道推ス

　專ー對ノ之ー才ヲ

都ー邑爭テ先ヲ觀ルニ如ク

景ー星鸞ー鳳ノ初ー出スルヲ風ー雲 護ノ

跡ヲ從ヒ似タリ殷雷ニ蛟龍ノ忽チ搖ク

價重ッ南金ヨリ

聲高ニ北斗ニ　恭ヶ惟ミ六

副使鸞湖李公閣下　地紀　儲久ヘテ精ヲ天章　毓ヤシナフ粹ヲ

爲ソ鹽爲ル梅ト

調フ

神昂ノ之氤氳ヲ

或ハ舟或ハ楫

濟冬ス大川ノ之浩瀚ヲ

甄ハ提二圖書ヲ開ッ闆奧ヲ

聖學宗傳有歸

研窮性命設津梁人倫明教茲建

文起八代

詩跌三唐寒灰腐草再發焜芒土鼓

賈椁自慚律呂

梁園摛藻

綠毫揮處氣如霓

天禄弢書青藜光中眼若電

茹古涵今仲舒崔琳汗流走且僵僵

患竭茅曾子馬生頭點奬應褒

扶ㄴ桑 陰ㄴ裏
奕ㄴ葉ㇻ
垂ㄴ英ㇻ
析ㄴ木 林ㄴ中
交ㄴ枝ㇴ
結ㄴ蔭ㇻ
星ㄴ檉 遙ㇻ渉ㇼ北ㄴ海ㇴ
華ㄴ轂 頻ㄴ指ㇲ
東ㄴ都ㇴ草ㄴ木 知ㇼ
名ㇴ江ㄴ山 擢ㇻ秀ㇻ堪ㇲ笑ㇲ張ㄴ博ㄴ望ㇻ 空ㇻ致ㇴ葡ㄴ萄ㇻ

〔合〕齊 太−史−公ノ宏−著ハ簡−策ヲ礪−帶ニ永ク親シ

薛ヲ乾−坤為ニ奠−位シ驤−首トシテ騰−懽揚−眉ヲ煥ス彩ハ剛

蓬−蒿ノ末−學塵−土ノ棄−才行−能ク樸−遽毎ニ懷キ

刻−鵠ノ善−章−句ナリ么−麼徒ニ習フ雕−蟲ノ技ニ

蚊−負易ンソ隮ラン齲−窮何ソ補ハン萍−跡二−十−年苦シ

樓三−千−里第ク恐ルヘ入テ

〔洛〕遠ク謝ス士−衡カ雋−題ノ橋−雅非ス相−如カ之−流ニ

金−根屢ハ誤リ鐵−硯ヲ好ニ穿ツ鞄−瓜憖ニ不−自−棄テ

瓦−礫或ハ生ニ輝ヲ

高−名轟ク耳ニ如シ殷−雷ノ震フ域−内ニ

征旆遮ルノ眼ニ似タリ濁世ノ俟ツ河清ヲ蕩洋タル江海ノ水

豈不ンヤ容レ蹄涔ノ細鱗ヲ哉箴箕峯巒ノ壞レ已

積ミ覆ノ迹ヲ培壞ヲ矣所頼ル

鴻慈廣ク開テ

龍門ヲ

許シ半面ノ識ヲ聊カ

察シ鼠腹ヲ

假シ單時ノ緣ヲ輆ニ其ノ迷方ヲ

賜ヒ以テ發藥ヲ

有造ノ德

授療養ヲ于扁盧無用之材逢ニ
劉斯於匠石惟渓感激無路趨陪
修短簡謹獻微衷伏祈ル
玉函金封鳳竟ヲ
両國之
盛禮ヲ
紫繡緑袍長膺二千年之
鴻休伏惟
台慈特垂ニ
鑒念不備謹啟ス

年月日　　　　　　　　　　　　姓名　同前

○奉呈

從事竹巷朴公書

星槎凌漢ノ

仙軺衝雲即辰涼暑尚酷恭惟

閣下碩德重望

接武夔龍

蓬羽鵷鷺天人眷相載驅脩塗

台候動止萬福無任欣悚僕弊邑ノ末ノ品陋ノ

巷ノ腐儒惡足以通姓名扵

左-右-哉-然-モ-慕フ

德フ-之-思-不-當-飢-渴-之-於-食-飲-也-顧フ-分-位

夐-別-由-是-不-欽-猥-胃-晉-謁-也-昔-儀ノ-封-人

請フ-見-孔-子-曰-君-子-之-至-於-斯-也-吾-未-嘗テ

不レ-得レ-見-也-蓋-自-言-其-平-日-不レ-見レ-絕-於-賢

者-也-而-孺-悲-之-所-退-也-陽-貨-之-不-遇-也

其ノ-義-高-下-細-大-何テ-敢-比センヤ-之-封-人-哉-僕-雖

不-敏-於

閣-下-未メ-必シモ-至ラ-若シ-孺-悲-陽-貨-之-有レ-拒-也-僕-麀-雚

梧-謏-劣-無-禢-線-之-長-君-恒-踽-踽メ-衛-門-之

下ニ守リ兔園冊子ヲ抱テ病ヲ養拙粗通於心不

願其外所謂足不踰公卿之門名不譽

於大夫士之口已有年矣是非敢尚志

傲世有所自抗顏也譬之弱羽傳枝不

能軒舉獨戀戀橄模之際耳又惡敏鳴

鵬之摶天騫裏之躍地哉

征旆之臨

都下如景星之霓天走卒兒童爭先觀之

為快而僕獨不能恝然為之動志哉況

價館咫尺門扇相臨者區々私情終不

自ら抑へて而も但だ地分崇卑の如きこと無きのみ耳。

然りと雖も希賢の念何ぞ復た異に於て封人に邪。抑へて自ら愧づ

無封人の之の賢のみ。仍ち裁して俚辭一章を以て獻笑を

從者に俟つ。

其の義を譽め

其の愚を憐み

誤つて賜ふ清覽。誠に聖外の之の榮なり。千萬の鄙悰統べて

祈る垂鑒照を不備

年月日

姓名 同前

○呈ス成學士翠虚公ニ書

向者始メテ接スルニ

半宋過受ク

眷厚ヲ

發スル所ヲ未タ喻

導キ所ヲ未タ及ハ而ノ

懇ろ教督ス之ヲ此固ヨリ夙昔ノ所願フ而未タ聞ク

者ノ一旦獲之ヲ於

執事嗚呼古人正如シ此也耳夫戳磧礫而

不窺玉淵者ハ未タ知驪龍之所蟠也習ニ

敝ㇾ邑ニ而不ㇾ觀上ㇾ邦ヲ者ハ未タ知ㇾ英ㇾ雄ノ之所ヲ

躅也僕淺ㇾ才無ㇾ狀何ヲ以窺且知哉惟

片言半簡ノ間津〱ノ〱タ有ドモ足ㇾ動ニ于人ヲ者ト僕

雖ㇾ欲ㇾ不ㇾ知而モ不ㇾ能ハ不ㇾ知ヲ於ㇾ是倍々信ス

執事

道ㇾ德ノ之ㇾ殷サカンナル而

才ㇾ識ノ之ㇾ大ホドナ也

執事

謬ッテ稱ㇾ僕ヲ文有ㇾ足ㇾ觀ニト焉慚ㇾ愧汗ㇾ流シテ不ㇾ能ニ自ラ

解スケヲ非ㇾ苟モ逆ニ

盛ナル意ヲ以テ辱ヲスルヲ

知ルノ已ニ顧ルニ私情歟然レトモ敢テ須ラク史宇ニ也古ノ
之ノ人豈意有ラヲ文ヲ爲サント哉惟其ノ俗道ヲ也淺ク
其ノ積ム德ヤ篤クシテ養ヲ諸ノ内ニ被ムル諸ノ外ニ不得已ニ
而ル後ニ假ルニ文ヲ以テ發スル之ヲ唐虞ヨリ以上ハ遠ク不可
徴然レトモ觀ルニ詩書數十篇ヲ都テ兪吁弗ノ之聲
典章文物ノ之懿呑ニ躬立テ其ノ朝而親シク聞クガ
其ノ言ヲ至テ周ノ将ニ作ラント則大ニ備ル孔子稱ス其ノ父ヲ
殊ニ嘆ス禮樂經綸ノ之盛是ヲ以テ雅頌ノ之所
陳ヲ誥命ノ之所乘易禮ノ之所論著スル和ノ而

恭寛ニシテ而密ニ簡ニシテ而明ニ嚴ニシテ而正シ潔靜ニシテ而精

微儉讓ニシテ莊敬ニシテ而易ク直ク正シク大イニ春秋ノ作

筆ス則チ筆シ削ル則チ削ス一字之褒ハ榮ニ于華衮ヨリモ

一字之貶ハ嚴ナル于鈇鉞ヨリモ而只是當時ノ實ノ

意ヲ爲シ文ト而遂ニ作テ千萬世ノ之衡鑒ト矣孔

事固ヨリ由テ舊史ノ紀載ニ凡ソ此ノ數者ハ未ダ嘗テ有ラ

子殁シテ諸子各〻著書ヲ多キ者ハ百餘篇少キ者ハ

數十篇其ノ道德功業未ダ必シモ及バ聖人ニ而

其ノ心又タ未ダ嘗テ在ラ文ニ欲ス一ヲ以テ講明ノ道德ヲ

使ル倫常ヲ出テ于紀綱ト故ニ驂達スレバ則チ已ニ矣游

夏ノ之徒以テ文學ヲ稱シテ而モ其ノ所言ヲ觀ルニ皆止孝

弟仁義ノ之實敢テ無二一言ノ度ニ浮華則古ノ

之所謂文者ノ可知矣自リ漢以降豪傑ノ

之士踵武並起リ徒以文為業ト務擅著ノ

述宏言博論索隱極遠捜輯艱澀之

字張皇瑰異之辭欲沾美扵當時取ル

信扵後世若相如楊雄ハ殊其渠魁也

耳雖然至扵所謂合乎道達乎德者ヲ

家ニハ無復聞焉自此後學者轉相沿

習ノ不知有古文六朝ヨリ下迫五季獲華

蠆巧極其彫飾天下靡然爲風譬諸
衆芳之向殘春豔色雖堪看而生意
已減譬諸驊騮之臨暮景步驟頗逸
而神氣漸乏或終無語可傳烏唐昌
黎氏崛起六經殘缺之後以道爲已
任奮然大鳴之刮剔洗滌力去浮弱
欲一歸于正其文章長短舒縱開闔
抑揚神詭萬狀出有入無宰然而崇
淵然而深震蕩天地照耀古今以爲
聖人之道惟在于此矣而道不足逮

夫宋ノ隆廬陵ノ端嚴溫厚眉山ノ

雄渾流轉臨川南豐ノ直截平易互ニ

相師資輔翼以爲一代ノ冠而要其造ノ

詣又昌黎氏ノ流亞也濂洛關閩ノ諸

君子繼千載不傳之統格物窮理闢

幽發微益明益章論學必以達天德

爲本論治必以行王道爲宗其生色

也盎然若春陽之溫其吐辭也沨然

若醴酒之醇天人事理内外精粗一

以貫之可謂醇乎醇者也嗚呼難哉

難ンヤ哉英邁如ニキ昌黎數子竭二一代ノ精力ヲ
道不レ遺ニ文也ト如ク是ノ正大若キ濂洛諸君
發二千載ノ之秘文ヲ不レ勝レ道也ト如レ是ノ方今
誰カ合而能ク一ニ之乎宜乎古文派リラ竟不レ
韋カ也然ルニ則チ何如タガ可キニ矣魚吾カ所欲ル也熊
掌モ亦タ吾カ所レ欲スル也二ツ者不レ可レ得テ而兼ヌ焉
棄ニ魚ヲ而取ニ熊掌ヲ何ヤ也其ノ所レ重キ在テ此ニ而
不スレ在レ彼ニ矣天地之當テ于元會ノ清明純一ノ
粹之氣盤薄充塞無ニ處ヨ不レ有故日月
倍シ明テ不レ失ニ其ノ度ヲ風雨倍シ從テ不レ違ニ其ノ時ニ

山川倍秀不易其位龍鳳以薄繪呈
瑞虎豹以炳蔚凝姿雲霞雕色有餘
畫工之巧草木貫華無待錦匠之裁
是豈外餙蓋有渹然使然者耳今夫
人之於事各致其曲則何限而要不
過三綱六紀脩身正家數事出此以
往擴充類推黽勉用力培其根回其
本則言之發也不待思慮而純粹端
正自有足法者矣故曰仁義之人其
言藹如也雖不可能吾將從爲由此

觀之與其文也寧簡與其工也寧拙

僕之誦此言久矣言之善不善在於吾

何撰焉若乃使君如堯舜致身如伊

周宣天地之精正生民之紀淑一世

之風俗掲斯道扵無極非吾小人所

及是以平素碌碌與世伍未敢狥之

為文凡有感觸不得已而亦間發之

不厭其意聊在於給于用何復望道與

文哉

星軺臨此

都テ千載一遇況ヤ肯テ降遜辱承ル

知愛儻意有テ所レ愚而不ニ言ハ何ヲ以テ見サン愚

陋之區々ヲ質ニ疑于

君子ニ因テ叨ニ叙ニ數言ヲ不レ覺墜ニ作文離ニ亦タ

惟タ少ナキ

簡三通奉レ呈ル

　　垂ルヽ諒ヲ謹シテ呈ス野什ヲ伏テ祈ル痛ク賜ニ竄削ヲ外短ヲ

正使尹公

副使李公

從事朴公各有リ題封顧ニ分位尊重僕蓋シ幾ニ

欲ㇾ啓ㇾ之而輙タ復タ中ㇱ止ム但ク耽ㇱ々微衷不ㇲ

自ㇾ己ニ

執事固ニ不ㇾ鄙シテ達ㇾ之ヲ

三使君

記曹一經ニ

電矚何ソ

賜如ㇾ此伏蘄千萬

丙照セヨ不宣

○簡寄ス　蓬渚詩序

不安家本鰈域　尊公挺ニ生葦原ニ在リ天

比之鳳樓之高手則當在風軒之下矣不

俟萬里涉海之餘恒在困頓之中未能效

子產叔向之縞苧之報只將一首俚語答

其萬一譬如燕石之於和璞鉛刀之於龍

泉厥價之貴賤未暇論也略陳梗槩如右

壬戌仲秋朝鮮通信製述官成翠虛書於

西京寓中

○題師謝扇二詩載別卷

擇雲溪文稿序

不佞以楫役赴葦原来往東西所樓賢士

夫既至數百餘人揮鞭遊及於詞林學藪

之間前後累月矣於其巨擘得一人曰

順庵木公以博學宏詞名於世於其門下

得一人曰雲溪柳公少以不覊之才

受業於順菴盡得其淵源内積經史外

發詞華其爲探頤研窮多歷年所高之爲

山岳大之爲河海明之爲日月幽之爲鬼

神纖之爲草木花實無不唅嚅於其遺懷

詠物無不括囊中鶴颿尓有大國風矣間

有黄初開天之空中音相中邑而不愧於

賢師ノ之所ニ就キ將以テ善ク鳴ル者ヲ大ニ鳴ス其ノ國家ノ之

盛ナルヲ吁亦異哉不使恨ハ無キヲ薔薇ノ露盥手ヲ捧讀ス

也不使既ニ與雲溪心親ク久矣今當遠ニ離ルヽ

重ク托懇要臨其折別抜筆識ス之

龍集玄戰閭茂菊月下澣朝鮮翠虛居士

序爲

○又與成學士書

天下其ノ花慕ヘ其ノ葉人視而以ヲ爲春ノ

風之所著獨リ在于桃也幽香凝玉嫩

藥攅金人視而以爲秋ノ露之所濕獨リ

在リ干菊ニ也天ノ之生スル物ヲ柳ノ有テ私ヲ纖毫哉
然ルニ其ノ純駁厚薄之分乃ヂ由ル時ト興ヲ物之
善不善耳今觀ニ

公ノ詩ヲ清新雅健有テ出テ塵ヲ凌霄之思豈ニ其レ
鍾ニ一方ノ靈秀ヲ而賦スルニ之ヲ于

公ニ者乎貫休有リ云ヘリ乾坤有リ清氣散ジ入ニル詩
人ノ脾ニ在ラバ詩人ニ則チ爲ニ詩ヲ在ラバ文士ニ則チ爲ス文ト
曰ク德曰ク才猶ホ于詩ト文ニ也余與ト

公ニ相見ノ之日淺ク薰炙未タ洽カラ公ニ宛ロ顛委未タ
嘗テ獲諄誨ヲ徒視テ其ノ

詩ヲ以テ為スカ

公乃ハ

善ク詩ヲ者ト也　是レ何ノ興ルカ於知テ桃葡之花ニ於ツ春ノ

秋ニ而不ヒシテ知ラ下梅杏蕙蘭松栢篠篁各受テ

夫ノ清氣發之英舍之色矣雖レ照古人

嘗一臠而盡ニ全鼎之味者ハ其ノ為能用カ

忘ヲ也

公ハ道學德業其ノ所至為ヲ不可量カ而知ト之

與不レ知ラ在リ于余鄙人矣於テ

六ニ何ッテ增損セヤ焉哉

○與李鵬溟書

尊和六昔薫沐捧誦一篇工作一篇ヨリ

一格高於一格煙雲變化本無定態

由テ之想フ之ヲ

足下其殆溫柔和厚都 〳〵乎醉春ノ者也

敦篤於

君臣之義而繾綣於

親朋之情者也

清談高論 〵不流威ッテ不猛命酒賦詩

風流嚴莊未タ曾テ離於繩墨又未タ嘗テ縛二セシ

繩墨矣世有如斯ノ人而徒以文字ヲ執ルカ

炙リ乃不知言ヲ者之也

足下縱掩藏于外僕無乃不愧于心哉

謹賡前韻聊竭ト二

敬仰之意ヲ云

○震澤 丁下謹呈書

玉韻帶瑤札賫至披讀再三忻倒十分況ヤ

翁雲紙之恵来尤出尋常鳴謝傺無シ

以為喩聞有東邁之期可得源相見

病臥姑草

盛諒

　壬秋八月上浣

李耳老

　　○題雪溪文稿序

余隨星槎遍葦原領衆湖山之勝蓋詩之

蓬壺者不誣而其中琵琶湖獨擅名專有

高士震澤住其間斯豈非地靈人傑者耶

讀破千卷以文章鳴於世且工詩律聲韻

之清絕氣習之豪爽自非俗士流葦可及

之

余始館于此幸識荊又在東京之日来贈
一篇詩而求及和今幸再會於斯遂臨
別敷一語以贈之又擬文稿序數行當異
日之容顏

壬戌菊秋　　　　　　李耳老鵬濱

○與安督齋書

僕於
足下雖相晤之日願淺相知之誼甚淺
語言不盡通而心已能察之

足下之於僕則亦然也承ケ

敎不為不斷且媿迂疎以莫當ニ

盛意何天之姤人

公事塡駢加以雜賓旁午

足下有暇則僕不暇僕有暇則

足下不暇空羨平生十一日之飮不得悉

吐心曲而談道德以痛施鞭策于寒

駑之後

征旆忽東指矣不知復以何時卜聚

首之期嗚呼林有鸜鵒水有鱮鱮而

世獨得ル無儔ラ之人乎古人所以爲ルハ

鎖魂不忍也冀クハ不可以人而不如魚

鳥矣日來捧誦前後ノ

高作大篇連城ノ卞璧驚忽前來照乘

隋珠在爲重出裁答抱歉之際班馬

臨歧楊柳蕭條無心攀折向風於邑

天若假良緣

足下返旆之日令雲山勿改風景依然

再盤桓於筆墨間矣野什若干首聊

充渭城ノ斗酒

○復柳震澤書

僕自入賢境謂必有奇士者間或見之

而猶未也及見

足下而後克然心滿懌然誠服磨如下入寶

肆得所欲而歸則自餘固不論也　足下八

西京之翹楚容貌玉立加以詞華逸發咄

咄驚人何其奇哉昔者投我以瑰琚余又

示我曰誠欵不料千里海外得此良交足

忘羈抱于玆以見君子愛人之盛意也僕雖

謭劣無才黙猶知人之善而喜道於人今

持足下諸作而歸故國試出而示人則
人得以知貴國文獻之盛而足下之
名從此而播三韓矣如是則其可以報
足下知遇之恩乎哉僕與
國萍水相逢可謂奇而彼此公冗遽乖無
暇不得從容接高論而吐棄曲新知之樂
殊洽而馬首東矣好事多魔何恨如之顧
念此去東都將千餘里不過二箇月則
當返旧路矣其時再與足下把一盃酒奏
我洋而歌陽春則不亦楽乎惟僕日望之

足下以テ爲ニ如何ト
覽覆誕其會可シト
壬戌之八月六日　惠詩一章謹テ步ミ呂テ復ニ電一
詩載ニ別ニ卷一　晉齋安伯倫復奉

○與ニ安晉齋書并詩

數日陪ニ從未ニ竭歇一曲ヲ　使ニ輗載ニ脂彼ニ此ニ軼
掌餞祖靡ル由萍水遭ニ逢自ヲ有ニ常數一而此ノ別
最モ難ニ爲ニ情一堀水橋ニ頭是河梁千古悒トラ之
思ニ讓懷一之使ニ人ヲ韲戚戚豈其ノ多ニ病ノ之人常ニ易メ

感物而黙哉　如左右　小子復仰斗懸戀而
不自禁是知　清氣入人之淺而屋也疇
昔諭帖丁寧懇慅不啻面命而耳提古人
所謂隻字片言皆可書而誦者於是乎見
焉僕有師命明曉赴　東都然則雖暫分
狄再會繞在浹旬之中矣第恨同途異日
不能執鞭役後耳治裝甚劇千萬鄙悰統
垂二

　　丙答

外俚什一首謹呈　梧右偶爾　翠虛

諸公請爲致此聲

秋風蕭颯別魂迷 君向東都我尚

西今夜各天明月影相思両地涙痕低

壬戌仲秋七日

○ 奉呈

震澤公詞案下

十把團扇帶詩而到錦繡金碧光輝燦

爛清人之魂感人之心一唱三歎十襲

珍藏謹構荒詩仰瀆 清覽左錄藥丸

聊表芥忱物雖些甚幸冀

筦入音

醫師鄭正子昂

○奉寄

震澤ノ詞案ニ

乍チ接ニ

光範候爾作別帳缺ノ之懷彼此何ッ異セシ

足下ノ之到此未ダ知ッ幾日ッ而僕モ亦タ幸陪シ

老耄ニ無事得達欣荷昌シ喻拙語誠無ダ足ッ觀セ

而聊カ以テ寓スル嚮慕ノ之忱ヲ耳

壬戌仲秋下浣　　滄浪

詩載別卷

○復洪滄浪書

景仰之思、無日不注、稅駕未久、俗冗錯迕、
頤苦將迎、是以欲速奉
候問、延滯到此、
忽辱
教翰、副以
瓊篇、莊誦卷舒、恍如
接紫宇、親承聲欬、嗚呼
公愛人之厚、實如此、而僕之執禮之疎、實
如此、殆有似于不遜、慙愧終日、不能自解

也向者到本誓寓館謁翠虛盤谷
諸公倥傯殊甚且時及旦黑守閽告禁故
未暇傳言于左右倉卒辭去非敢怠于
懷也頃聞
公之此行奉
嚴君俱來異域脩途水陸無恙何幸吾此
哉古之人持笏廟堂靡節侯甸寵光聲歊
人以爲榮矣而拈顧雲倚間之愁遂未能
免也若夫遨遊于江湖之上樓遁于丘壑
之中無芥蒂蒿歇所謂忘形骸絕倫理之徒耳

公ハ誠ニ●

東國之彦而

明主擢之于上多士推之于下其光榮又タ

何如哉然使下

公離幃辭國鈇中晨昏定省之養雖受封于

萬戶豈自慊于心哉二王之臨險叱御誠ニ

無奈忠孝不並立也蓋

公平昔事

君奉親之衷天鑒至于此也耳然則榮

旋之日承寵膺福可不蔡而知矣僕陋

巷鰥生偶接光儀忽荷知己之感盛眷

所傾謹有銘于心況西東各天數賜佳什

塁壁聯珠璀璨照人神龍游戲常以尺木

爲奇則奚啻長篇大住始窺其端倪哉所

憾公私羈馬不能握手綢繆于轉組之

間談説古今高畧文章以受甄陶之益也

古人有言曰恩愛苟不虧在遠分日親不

知公以爲何如感悚之餘敢忘葱拙謹焚風

報旅邸踢踮左右掣肘聊不遑揣思雕篆

小技恐不當繩墨伏願

公棄其詞而取其心可也不宣

壬戌仲姝下浣

〇奉副使鷺湖李公書

隠道飄蓬之士搜奇耽幽常極雲林泉石

峯巒江海之遊然往々埋光鏟采杜門韜

晦避人躊躇只恐蹈于城壘是以耳目所

及不過偏境一隅之中宦臣羈旅行李遷

謫其力足以凌與馬舟楫之勞飽嬴縢履

蹐ノ之幸投ヲ要ノ荒ニ而抵ルニ邊ノ垂ニ是ヲ以テ其ノ心ノ思ヲ動カシメ、

嘗テ牽ヲ而寒ノ裳ヲ望ミ雲ヲ壹ニ鬱シテ不ス暢ビ嗚呼山ノ川未タ

嘗テ厭ヒ人ヲ而人不得ルヲ悉ク至リ為ニ心ノ思業ステ已ニ無シ窮

而耳ノ目或ハ為ル所ニ礙ヲ

朝ノ鮮在リ天ノ之一ノ方ニ其ノ詳ナルコト不可得知ル也然モ吾キ

丸ノ都神嵩之崢嶸鴨ノ綠漢ノ江之浩ノ渺其ノ勝

殆ト不ル減セ中ノ土ニ方今　使ノ軺之来ル

國ノ都ヨリ至テ金ノ山ニ凡幾ノ程テ釜ノ山ヨリ至ニ我ガ馬ノ島ニ又タ

凡テ幾ノ程ノ此ノ間宣ニ無ヤ嶄ノ嵒頭ノ洞瓖ノ異ノ怪ノ特ノ之

觀ン哉且ツ自リ我ガ西ノ州迫ニ　玆ノ都ニ竈宮蛟ノ窟駭

浪驚濤幾數句而達所歷疆域凡百千萬

里憑高望遠舉杯搖筆其氣韻軒翥豈復

知天地之大秋毫之小邪自古搜奇之士

聞其勝而思其遊惟以其險且遠或有邦

憲禁獨恣行於是乎有政而慕想而像焉

者自非夫喆命差使者終其身無由一至

焉其偶至者憚勞恐險遂忽其勝於是

離群懷鄉之心浚而蹲蹐攀問尋之期靜感

時傷世之情起而瓌異怪特之看易鳴呼

雖幸為聞見之所暨而其心思壹鬱有

不能咏ジ壯遊ノ之觀而暢磊落磅礴之氣也

飄蓬跌宕雖幸無牽連之累而耳目不廣

不遠則其顯于言辭者復狹隘而優游溫

厚之旨薄矣今

相公既極其國之勝縣且尚奉

命使萬里之外名山大川新築舊蹟草木

鳥獸蟲魚之情兒可喜可愕無不悉聞而

周覽是以其賦險也可以使人讀之肩聳

股慄而悲恐其咏勝也又可以使人心馳

神動而飛揚夫以官臣羈旅之身而兼飄

蓬隱道之情則上下古今如キ

相公者不易多得也

相公之於詩姿態縱横難以一律論節耶

而莊理暢而逸若九天仙人謦咳珠璣步

優雲霧雖汪廣肅穆不敢狎視而神儀散

朗使人意消若朝霞點水芙蓉試風紛郁

艶麗見之者圓不目貴其邑心愛其華開

肆警敏窮情盡變如電掣星流矢發機而

駿歷塊所謂武庫之才耶之無不有也使

隱遁之士讀

相公ノ詩ハ雖レ不レ能ハ以テ踰エ海涉ン岵而坐致百千

里ノ勝于几席之間使ン官臣羈旅之士而讀

相公ノ詩乃以テ會于其景象模寫之美ニ激揚

觸發シ忘レ乎其ノ勞解乎其ノ憂沛トシテ起テ再

遊永眺之思ヲ然則先之常相違而常不相

值者皆將下于公之詩乎有得也義當參晉

謁于

記曹以把中

清眺惟

邦禁嚴重不許サ自恣是以數違

招命ニ益シ事ト似テ不敬ニ而モ其實謹ム

法憲ノ故ニ不量セ忽チ拜ス

光範ニ親シク承ケ馨欬ヲ言雖不通セ

僕深ク感ス此レ實ニ一生ニ難キ再之榮語ヲ

恩意之屋矣

颷御遽ニ歸仙ク凡ソ永ク隔一作弦矢後會無涯リ

則チ恋々兒女之態終ニ不能自已ヲ敢テ綴ル蕪詞ヲ

庸效葵忱ヲ伏祈ル

鴻慈垂ニ

照察ヲ不備

壬戌初冬二日

○

呈翠虛成公書

僕足跡未過數百里黙小少寓于

京師見四方寶客多矣面與之交者不知

幾許其於心相得而稱知已者殊之

一見柳僕之不分人乎人亦丕合於

僕也

征旆之臨此僕先往謁于

左右豈思一朝立談之間執交如此乎也

僕實嘆世人學術識見不同各為高

論鷗蚌相持蠻觸相戰未嘗知為道

屈志是以平居未敢與人語方今
足下聞僕所言鞠然悉知僕之意議論
上下如出一口
足下之賢豈私於僕哉是以僕忘不敢
盡傾肺腑以結慇懃之好昔漢武帝
觀子虛賦曰朕獨不得與此人同時
哉歐陽子讀幽懷賦曰恨翱不生于
今不得與之交又恨予不得生翱時
與翱上下其論也古人景慕之深大
率如此僕何人生

國家昇平ノ時

星楂滄海ヲ是レ誠ニ千載ノ一遇ニシテ而一ヲ訣タルヲ不可

復タ見ル為則無乃不凄然于懷哉因テ念ル

輯メ頃日獻酬ノ詩或ハ文ヲ淨書シ分注シ以テ爲レ

一快藏之篋笥毎ニ念フ

足下ヲ開緘誦之思フ之ヲ自以虜其韻ヲ

自以テ答其文卷舒出入纏シテ不已雖ニ

相去之遠相別之久ト未嘗不レ相談笑セ

于

几席ノ之下也古人情ノ之至ル者ハ必ス期ニ於夢ノ

寢夢ヲ寢不レ得則求二舊日ノ贐贈東牘一以テ

暫寬二凝望ノ之ノ思一何況シヤ數日避二迮磁針一于

相ヒ投二水乳一不レ背二情義一兩ツナカラ篤ク泛然トシテ溢ルニ于

翰墨ノ之ノ表一豈二尋常以テ文ノ字ヲ爲二交一者タルニ比スヤ

哉願クハ今乞二テ

足ト下ノ數ノ語ヲ而籍ハカリテ重キヲ傳二之ヲ四方二遺之ヲ後世二

千萬世ノ之ノ下一千萬里ノ之ノ外人ノ〳〵讀レ之ヲ

如上僕カ之接二

足ト下二于今日二矣則チ非ス惟ダ僕カ之爲二幸一而已ノミニ

乃チ千方里ノ之ノ幸也千萬世ノ之ノ幸也僕カ

文飣餖攢簇、自ラ知ル其ノ不ヲ足ラ、取若不ルレ得テ

玄晏先生爲ニ之ヲ弁晃縱研京練都祇足ル

供人ノ覆瓿況ヤ下此乎伏糞ス

察其ノ私情ヲ爲ス一を

揮フ

巨筆ヲ若ヲ其ノ行文多少僕不レ欲セ效ハ賣菜ノ

故態ヲ分ツ袂ヲ才ニ二日如シ易フル裘葛ヲ盈ツ淀

河一條ノ水杳ク隔ツ萬里ヲ相見之難相別

之易キ千古ノ所ロ歎スル誠ニ若シ是也乎兩不レ

但タ自ラ吾二人有ラバ令日ノ無聊東西來往

周旋飽ク德ニ寧ンゾ有ンヤ忘ルヽ于懷ニ之時哉只タ愧ル

無シ木報之叶フニ知已耳不レ堪ニ遠キ望ノ之思ニ

茲ニ斷ツ脚力ヲ以テ候ス

左右ノ風霜漸ク嚴ク爲ニ道ノ保嗇ヲ千万ノ鄙悰伏ノ

祈ル

丙鑒ヲ不宣

○呈スル翠虚成學士書

有テ才而無キ學與有テ學而無キ才不レ足共ニ列ニ

作者之庭矣有リ才有テ學而無キ神以テ寔ニ之

氣以雕之又不足以戰天地籠萬物而

入纖毫微芒之間歸于斧藻淵懿錯綜

神理其中之所有符其質之所近使

入讀之而一種光明磊落慷慨正大之

氣隱然起于筆端璨然落于楮上凜

乎溢于言辭之表

朝鮮之為地其山川特秀扶輿清淑之聚

蜿蟺而欝積故自古間有宗工鴻匠恢

奇卓越者出乎其中想夫

公之筆歟嗚呼萍水偶逢況語言不同繞

以テ鞮譯ヲ而通ス情志ヲ辞余ガ不敏ヲシテ安敢知ン其ノ

淵藪雖ニ然ト

公替留數日唱酬之作漸ク及テ若干篇ニ則稱ス

足窺ニ一斑ヲ

公詩或ハ文蓋雄渾爲ス宗ト雅正爲ス體ト其ノ才無キ

所ノ不騁セ而馳之以シテ法不ス入ニ戰國ノ縱横ニ

其ノ學無キ所ノ不關クハ而發之以テ嚴ニ不ス流ニ六朝ノ

之雕繪景無キ所ノ不寫サ而依テ物ニ寓意ヲ不ス爲サ

楊枚ノ之佶屈興無キ所ノ不遣リ而臨時顧理

不ス墜ニ釋老ガ之放誕ニ内無ク泡思外無ニ遺象ニ

如ノ瀾ノ也　隨レテ風ニ而異ヲ紋ヲ如レ金ノ也　因テレ冶ニ而敷ヲ

形レ神レ旺メ矣　故ニ有レリ精彩氣盛ナルヲ　故ニ無レ弱調

然トヘ而

公尚ヲ不三以レテ爲ルニ則レ足レ也ト　此レ其ノ

資性諄美雖レ出ト于謙遜ノ之餘ニ而要ハ以レ

公ノ之才ノ之學ヲ何レ事カ不レヤ就レカ凡ツ耶テ諸家ノ之長ヲ

而成二一家ノ之言ヲ將ト與三古ノ作者ニ競サヘ爽于壇ノ

壇ノ之上ニ非ヲヤ

而誰ゃ哉夫レ

公二

才ト之與レ學誠ニ難シ兼子レ有レ況テ神氣交于其ノ中ニ

而爲之主張所以

公之爲盛也詩云惟其有之是以似之

公其近之僕嚮赴

東武偶得観

公文稿未及終巻撃節驚嘆目絢神搖不

自知其去取矣盍轉足崑崙絶上而下

見丹霞赤水文犀玄豹雕麟紫麋永桃

碧藕錯落震耀者

公之謂也惜哉替留不久刻日言旋未遑

謄寫至今弗譲

西京再晤紛冗殊甚羈絆相擾何以竭平

生底蘊哉曩昔解携惟相見相思耳嗚

呼自此而後相望為惆悵之偏者杳

雲樹一衣帶之河流也爾抱比日周旋

之感聊紓鄙衷以寓弁辭之意將幸

託杜句以傳于不朽者也矣

年月

○李盤谷書

古曰文章與時高下益言其關氣運

之盛衰儉政治之汚隆也夫無窮者

天地之理而不易者人物之性也得

乎理具乎性不以古今而異者人之

心也千載之上有異才焉出乎其間

所得之理與今同也所具之性與今

同也其心安得不與今同乎千載之

下有異才焉出乎其間同是理也同

是性也其心安得異於古乎今云古

云人之所以字焉而非天之有故而

改焉也三代之遠也今以為古羲農

朝鮮

盤谷　李公衡

之手也

之愛也三代以爲古奚知自義皇推

之千萬歲之上其爲今爲古而終不

有今也又奚知自今推之千萬歲之

下其爲古爲今而更不有古也嗚呼

人之固極以古爲高以今爲卑毀譽

輕重從其時與人又論地之中外冐

乎梓樟灣濼混之涸之遂不歸匹人

命使ヒニ我カ
國ニ余幸ニ從二館伴ノ之後ニ與ト
君邂逅數日視其爲ヲ
久溫厚恭遜實ニ出テ于
資性ニ而
博宏卓識淺窮于物理ヲ其
屬スル丈如ニ長江大河ノ波瀾蕩潏淵々乎ト
不見其涯涘也如ニ商彝周鼎古邑箸
然ト無追蝕之痕ヲ其
作ル詩君奎璧參婁森列麗天漢ニ昭々

烏ンゾ可仰、而不可攀如シ紫蘭白藕倚リ

晼立清池、逓韻幽致可遠觀而不可

狎親也是盖雖其心之感物而形于

言者ト

君不以爲至也生乎今之世心存乎古窮

理養性何如不至于此哉余作是忘

君之竊令人而

君又不自知吾之尘古也古道之廢久矣

方今

明主在上治教休明風俗淳美山川鍾一

文旆

方之秀を生す斯の

偉人慎修力行孳孳として怠らず文章鍛錬

杳として比儔の外に出で光赫烜曜發越先

後于古今有不可掩者笑然則之を謂ふ

時も可なり之を人と謂ふも亦可なり旅館咫尺の

間理當に伺候し門墻に晨暮の誨を承けて而も

阻乖繽紛逐に能く一たび膝を促して快く邑欝を擺はず

遠く西還す矣高を觀るの難已若し是れ則ち再會の

之期終に知る可からず焉此より而後第仰雲

水に對し思を萬里の外に寄せて而も比日酬和

當爲他日之顔面耳朔氣稱重爲

道珍重云

○與洪滄浪書

古之人以言爲文文與言一也今之

人以文爲文文與言二也以言爲文

者在于心而後發于言故即其言而

可知其爲人以文爲文者無于心而

求于言故言愈文而其爲人不可知

矣六經者聖賢之言也而其文章謹

嚴正ニ大簡ニシテ而明平ニシテ而高中律合法後

世操瓢之士焦心彈思欲擬髣髴至百不

可得也秦漢以来縱横組織墨至百

千萬言始視之也如出五都肆珠玉

錦繡雜錯成章驚神奪不知所撰

焉至沈思漸定多是浮華術瑰異而

非日用的實之物其如是言雖富也

何益哉嗚呼無于其意而強求之非

徒病言且病文非徒病文且病人空

乎其人之文之不如古也

足下不ニ以テレ文ヲ
自ノ居ヲ然モ
乘ノ
風雲會ニ風領ニ
顯ノ戢ヲ又
擁ニ絳節ヲ
使ニ萬里ノ外ニ以テ
修ニ盛禮ヲ以テ
備ニ專對ニ伶屬整然タリ咸ノ以テ敬享
命ヲ敢テ無レ喧噪スル且

跋-渉困-頓僕-痺馬-瘁 其-辛-勤又如-何

哉而無-幾-微-出於

言-誠二有-古一使-臣ノ之-風

忠-孝卓-越以レ道ヲ

躬-行昌ク能ク至レ此ニ故二偶レ發二乎

言-辭者皆擴ク

胸-中ノ所ヲ有ル不

自ラ知レ入二雅-馴一今讀二出-師一則凄-然トシテ知二其ノ

爲二忠-臣ノ之一言ヲ讀二陳-情一則藹-然トシテ知二其ノ爲一

明-主ノ之所ニレ權-輿シ論ノ之所一歸レ自レ非二其ノ平-生

孝子ノ言ヲ讀ハ屈子ヲ書ヲ悵然トシテ知ル其ノ爲ニ憂フ

憤ノ言ヲ讀ハ陶潛ノ詩ヲ悠然トシテ知ル其ノ爲ニ清節

之言ヲ誦ス其ノ言辭ヲ而想フ其ノ容貌ノ優シ然ヲ

如シ必ス有リ聞肅トシテ然リ如シ必ス有リ觀其ノ肝膽

肺腸歷々トシテ可シ指ス此ヲ謂フ誠於中形ルト於外

宣興夫ノ哆口放言執リ耳ヲ詞壇ニ而抗顏

欺人者ノ同ノ日ヲ而語ラン哉

足下ノ言不ハ必ス與ニ文人潔中短長而言倍

章アリ文倍奇則其ノ

中ノ之所ル存ス可キ知矣年故ニ曰有ル德者ハ必ス

有リ言有リ言煮邪不必毛有ラ德内ハ外一致言

行無ニ隔可ニ以テ爲ニ法矣醯雞井蛙欲ニ贊ニ

一辭ヲ而不能也西東千里往来會晤

薰二襲スナ

芳ニ徽誠ニ多シ矣

星槎忽テ返ル瞻望雲霄不勝悵然之至仍テ

裁二燕詞一章ヲ以テ代二驪敬不宣

○與二安澹齋書

雲之與塵不能歌而有時爲シ之カ過且ク

動ク魚之與ハ鳥不ル能ク琴而有テ時為ニ之ヲ舞テ
且ツ躍ル雖モ然リト雲ヘ吾知ル其
心而通スル也塵吾知ル其非ニ有テ目而観テ有テ
鼻而嗅ク也魚鳥吾知ル其有ル心有リ耳有リ
目有テ鼻而非ニ有テ人之當教而手之當
肆而後嘉其聲悲其韻出シ波而聽キ下テ
林而鳴ク蓋其所以使然者然リ矣万物
各具ニ一理ヲ万ノ理同ク出ツ一源ニ人生ス天地ノ
之間ニ禀ニ天地之氣ヲ其体即チ天地ノ体
其性即チ天地之性豈有ニ二致哉故ニ凡ツ

朝鮮ノ

天下ノ之事ハ雖モ眾ト人ノ之所ノ為ニシテ而其ノ所以ノ
為スル之者ハ莫レ非スト天ノ地ノ之所ニノ為ス也自リ夫ノ泂二
色ヲ以テレ私撓ニス之ヲ以テレ懸超リシテ乎遂ニ不ンス相似ニ
矣是ヲ以テ學問ノ之ノ道立テ敬ヲ存シレ誠ヲ内ノ外ノ交ニ
脩ヘテ無ク毫髮外ノ誘ノ之雜ルニ于其ノ間ニ矣則チ渾
然タリ一理周ニ流シ于方寸ニ通貫シ于六虛ニ無ニ
所ク往ニシテ而不ンレ充ク可ク以テ動シニ天ノ地ヲ可ク以テ感シニ鬼ノ
神ヲ親ノ疎ノ遠ノ邇ノ洪ノ纖ノ動ノ植皆足ルヲ以テ為ス吾ガ
有ト矣

曇齋安公奉崔役駐節於西京精舍

余在舘伴之側結交于翰墨間數日

應酬絡繹漸盈卷套

君為人其

氣壯故其

辭雄渾而敦厚其

學博故其

辭深宏而奧密其

志忠故其

辭感激而正直其

行廉、故ニ其ノ

辭趣潔ニシテ而清勁、是レ皆英華ノ蘊於外ナル者ハ

非ズ下ニ以テ雕裁襲ヒ而求メ焉若シ余ヲ疎鹵淺薄

惡ンゾ足ニ以テ知ン詩ヲ哉雖モ然リ吟咏ノ間使ムレ人ヲ

感發不ラ自ラ已ム者ハ何ゾ也抑ゝ以テ有ルカ其ノ本ノ存ス

也夫レ雲麾ノ非ズ吾ガ過チニ而動クニ之ヲ渠自ラ過ギ

焉渠自ラ動キ焉魚鳥ノ非ズ吾ガ舞ハシメテ之ヲ而躍ラスニ

渠自ラ舞ヒ焉渠自ラ躍ル焉而渠亦タ不ニ自ラ知ラ

吾ガ之天與彼之天周流通貫參ゞ前ニ倚テ

衡不ニ能ハ始テ有ニ彼此ノ之隔テ尚ホ何ゾ耳目ノ之

用而手口之、假乎、非懺有情、爲然也

雖無情、亦有之、然則余之有感于

君詩也、非余之能知

君而

君學問優瞻、忠誠純篤、瀰中溢外、不

能使余不知也、嗚呼世之學者、眛操

存持養之實、而徒事於言語文字之

工、是其心既不誠矣、以不誠之心而

窺天地鬼神之蘊、猶持塵昏之鏡而

鑑萬象也、求其近似、豈可得也哉

都門一別後會無期瞻仰

行塵空惆悵耳臨楮惘然タリス不能陳所

思自此相望者只有一天明月矣不

宣

壬戌初冬二日

〇呈翠虚成公書

橋頭一別言猶在耳事已落夢境不審イフカレ

文候起居冲祐

征帆漸達馬島否ヤ

東西兩都追隨千里雖踰衆承

誼愛之殷塾好事多魔不能握手竭誠

懷何天意之不怏人意耶悵缺之思到

今咄咄書空初冬二日崇小伴齋書抵

于大坂言既呈

記賣矣而　回東竟不至顧是　嚴裝

雜糅之間不遑　裁答也甲近者木菊

潭獲

明公瑤篇玩弄珍襲不但十五城而千里

弗諼之誠僕亦爲之枌感嗚呼　寶唾

霏屑ノ之垂ルヽ于筆墨ニ者ノ長ク留メテ几榻ノ之間ニ以テ

慰スニ惓々ノ之恨ヲ回ハ首ヲ海上ニ不ニ知ヲ隔ツル雲樹幾ノ

千重ヲ也瞻望スレ不ニ及ハ塵襟共ニ日ト俱ニ積ムヲ兹ニ因テ

菊潭奉ル書ヲ聊カ托ス歡言ヲ　　盤谷　渣浪

東里　　督齋諸公無恙ニ否ヤ行李驟ク發スル不ス

盡ニ所思ヲ把リ穎耿々タリ餘惟タ

照亮ヲ冀フ不宣

壬戌仲冬七日

震澤　柳剛

화한창수집
和韓唱酬集 四

4

화한창수집 4

대청(大淸) 홍희(洪熙) 임술년 5월 8일, 조선의 사신이 한양을 출발하
여 일본 천화(天和) 2년 8월 21일, 무릉(武陵)[1]에 이르니, 이는 대군의
신정(新政)[2]을 축하하기 위함이었다. 관반 오가사와라(小笠原) 신노수
(信濃守) 나가카츠(長勝)・나이토(內藤), 좌경량(左京亮) 기가이(義槪)가
명령을 받들고 한인(韓人)을 본서방(本誓坊)에서 맞았다. 사신과 신료
그리고 문무의 딸린 사람이 모두 362명이었고, 각기 관직이 있어 감히
계급을 함부로 하지 못하였다.

신슈쿠(信宿)에서 20여일 지내다 같은 해 9월 12일, 사신 일행이 서
가려(西歌驪)를 향해 갔는데, 그 사이 하야시(林)・노(野)・사카(坂)・기
(木) 등 노학자가 필담으로 시를 주고받은 것이 자못 많고, 또 계봉(雞
峰)・부헌(孚軒) 두 기동(奇童)이 시재(詩才)로 조상을 욕되지 않게 했으
며, 한인이 혀를 내두르며 칠보(七步)[3]를 느끼지 않는 이가 없었다.

---

1 무릉(武陵) : 에도(江戶)를 가리킴.
2 대군의 신정(新政) : 제5대 쇼군(將軍)이 된 도쿠가와 츠나요시(德川綱吉).

다만 사카 공은 아파서 오직 한번이었고, 기 원로는 두 번 한인을
불렀으며, 또 야나기가와 준고(柳順剛)의 시에 감탄하였다.

하계(荷溪)·춘암(春菴)·춘정(春貞)·개헌(介軒)·국담(菊潭)·호암(蠔
菴) 같은 이는 모두 하야시 문하의 뛰어난 인재들로 문풍이 거의 한국
을 압도하였다. 동도(東都)의 묵객 사사키 현룡(佐玄龍)⁴은 미불(米芾)⁵
의 정수를 얻어 문채(文菜)를 겸비하였다. 어찌 김생(金生)⁶·곽예(郭
預)⁷의 글씨 쓰는 재주만일까. 한국에서 온 손님이 많이 사자(寫字)를
주고, 시부(詩賦)를 주어 묘수(妙手)라 칭하니, 생각하면 지금 세상의
아동이 글 읽기를 본받음은 하야시 라잔(林羅山) 옹이 끼친 나머지라.
아, 라잔 옹이 없으면 서생(書生)이 혹은 예백(曳白)⁸에 떨어지니, 하야
시 학문의 세상에 공을 세움은 이를 가지고 알 수 있다. 사사키 씨(佐
氏)의 글씨 쓰는 재주는 또 다시 이와 같을 뿐이다. 동도 사람이 초성
(艸聖)을 배우고 해서(楷書)를 판별하여, 처음으로 왜자(倭字)가 속되다
는 사실을 안 것은 사사키 씨의 손에서 나오지 않았는가. 하야시 학문

---

3 칠보(七步) : 시문(詩文)을 민첩하게 지어 내는 재주. 위(魏)나라 조식(曹植)이 그의
형인 문제(文帝)에게 핍박을 받으며 일곱 걸음을 걷는 사이에 시를 지었던 고사에서 유
래.『세설신어(世說新語)』
4 사사키 현룡(佐玄龍) : 통칭 만지로(万二郎), 호는 지암(池庵). 1650년에 에도(江戶)
에서 태어나, 글씨로 일가(一家)를 이루고, 1722년에 죽음. 묘표(墓標)는 아오야마영원
(靑山靈園)에 있음.
5 미불(米芾) : 송대(宋代) 명필.
6 김생(金生) : 신라 명필 김생을 말하는 듯함.
7 곽예(郭預) : 고려시대 문인.
8 예백(曳白) : 과거시험장에서 백지로 그냥 가지고 나옴. 아무 것도 쓰지 못하고 점수를
얻지 못함.

의 성공과 더불어 나란히 살필 수 있는 것은 오직 현룡일 뿐이저.

나는 비록 강좌(江左)에 사는 사람이나, 관반 태수와 어울려 참람히 사관(史官)이라는 이름을 걸쳤다. 옛날 여러 나라에서는 각각 역사를 가지고 있고 한인은 더욱 그러하다. 하찮은 재주로 고명한 자리 아래서 만나 뵙게 되었고, 또 요행히 좋은 모임에 관반을 어렵사리 만났으니 거짓된 마음으로는 안 된다.

무릇 한인 362명은 글을 잘하는 이들인데, 다만 네 사람, 학사 성 취허(成翠虛)·진사 이 붕명(李鵬溟)·판사 안 신휘(安愼徽)·부사비장 홍 래숙(洪來叔)은 만나기 힘든 문재이다. 다만 세 사신은 이에 관여하지 않는다. 내가 깊이 살피기로는 여노(麗奴)가 왜인을 속이는 것이다. 여 주(麗主)는 지금 청나라에 신하로 예속하였으나 예속하지 않았다 하고, 청나라의 홍희(洪熙)라는 연호를 쓰고 있으나 여국(麗國)에는 연호 가 없다 하니, 옛날을 돌아보건대 문물의 나라에 연호가 없음을 들어 보지 못하였다. 잠시 『동국통감(東國通鑑)』을 가지고 논해 보면, 삼한 은 발해에 예속되기도 하고 거란에 예속되기도 하고 여진에 예속되기 도 하고 중국에 예속되기도 하여 한국의 왕은 자립할 수 없었다. 대체 로 동사(東史)의 기록이니, 어찌 이제 와서 청나라에 예속되지 않았다 하는가.

무릇 중국에 공물을 바치는 임금은 중국의 봉책(封冊)을 받아 중국 의 연호를 쓴다. 우리 일본은 스스로 태보(太寶)를 세운 이래 세월이 벌써 천 년인데, 관직과 복장 그리고 예의와 제도가 탁월하게 자립하 여 다른 나라의 호책(號冊)을 받은 적이 없으나, 여주(麗主)는 모두 중 국의 책(冊)을 받았으면서 어찌 연호를 쓰지 않는가. 휘(諱)를 벗어나

호주(胡主)에 예속되어 이를 속이니, 원나라 왕 또한 호족(胡族)인데, 옛날의 여주(麗主)는 어찌 원조(元朝)에 공물을 바쳤던가. 비록 왜를 속이나 여노 스스로를 속이는 것이다.

예의의 나라라 부르고 군자의 나라라 일컫는데, 손은 측주(厠籌)[9]요 발은 문사(文史)련만, 어떤 이는 발 뻗은 채 글을 쓰고 어떤 이는 가로 누워 책을 읽으니, 예의 있는 군자가 어찌 다른 나라에서 이처럼 하는 지, 게으르다 하겠다. 내가 듣기에, 중국의 선비는 다른 나라에 사신으로 가는 것을 영광으로 알아, 국신록(國信錄)[10]을 편집하는 까닭에 사신의 탄식을 얻어 들을 수 있다. 요즈음 진류(陳留)의 사씨(謝氏)[11]가 오랑캐 여러 나라 가운데 조선보다 예의를 아는 나라가 없다고 하니, 이 말은 마땅하다. 오랑캐이면서 예의 갖추기로는 조선이다. 이른바 군자의 예의와 더불어 한 해 아래 논할 것이 아니다.

대개 문자를 아는 이는 또한 많지 않으니, 문물의 나라라 부르는 것은 과연 어떤 일인가. 이 씨는 고사하고 성·안·홍 같은 세 사람은 모래 가운데 금과 옥이다. 그러나 아직 호취(胡臭)[12]를 벗어나지 못하였으니, 뒤에 다른 나라에 사신으로 가는 이는 생각해 보라.

---

9 측주(厠籌) : 인도(印度)의 풍습으로 변소에서 종이 대신 쓰는 대나무 조각을 말하는 것으로 중국에서는 중들 간에 이런 풍속이 있었음. 『철경록(輟耕錄)』에는 "요즘 절에서 나무로 산가지처럼 깎아 변소에 두고 측주라 하는데, 『북사(北史)』에 '제(齊)의 문선왕(文宣王)이 술을 즐기고 음탕 광포해서 양음(楊愔)이 비록 재상이 되었으나 측주를 들고 있게 하였다.' 했으니, 그렇다면 양음이 들고 있던 물건이 어찌 이것이었겠는가." 하였음.
10 국신록(國信錄) : 국신(國信)은 나라와 나라 사이에 주고받는 신서(信書).
11 진류(陳留)의 사씨(謝氏) : 미상.
12 호취(胡臭) : 오랑캐의 분위기.

삼사(三使)

상상관(上上官) 학사(學士)와 상판사(上判事) 성씨(姓氏) 직호(職號)

○정사(正使)

통정대부 이조참의 지제교(通政大夫吏曹參議知製敎) 윤지완(尹趾完) 호 동산(東山) 48~9세

○부사(副使)

통훈대부 홍문관전한 지제교 겸 경연시강관 춘추관편수관(通訓大夫弘文館典翰知製敎兼經筵侍講官春秋館編修官) 이언강(李彦綱) 호 노호(鷺湖) 38~9세

○종사(從事)

통훈대부 홍문관교리 지제교 겸 경연시강관 춘추관기주관(通訓大夫弘文館校理知製敎兼經筵侍講官春秋館記注官) 박경후(朴慶後) 호 죽암(竹菴) 40세로 보임. 급제(級第) 네 번에 한 번도 낙제하지 않았다 함.

○상상관(上上官) 3인 왜어(倭語)가 통함.

동지(同知) 박재흥(朴再興) 호 중수(仲秀)

첨지(僉知) 변승업(卞承業)

첨지(僉知) 홍우재(洪寓載)

○학사(學士)

제술관(製述官) 성균관진사(成均館進士) 성완(成琬) 자 백규(伯圭) 호 해월헌(海月軒) 또 호 취허(翠虛) 또 호 대관재(大觀齋) 또 호 월옹(月翁). 묘문(卯文)은 백(伯) 자를 쓰니, 백규(白圭) 자가 아니다. 44세. 창산인(昌山人)

○상판사(上判事)

전주부(前主簿) 안신휘(安愼徽) 호 신재(愼齊) 또 호 장육헌(藏六軒)

전직장(前直長) 정문수(鄭文秀)

전정(前正) 유이관(劉以寬) 당판사(唐判事)

○상관(上官) 39인 문재(文才)와 기예(技藝)를 아우른 무리가 있다.

성균관진사(成均館進士) 이담령(李聃齡) 자 이로(耳老) 호 붕명(鵬暝) 또 호 한주거사(漢州居士) 또 호 취옹(醉翁) 또 호 반곡(盤谷)

첨정(僉正) 홍래숙(洪來叔) 자 세태(世泰) 호 창랑거사(滄浪居士) 부사 비장 8인 가운데 시재(詩才)가 있다. 비록 무관(武官)이나 문회(文會)에 참석한다.

○사자(寫字) 2인

이화립(李華立) 호 한송재(寒松齋) 또 호 도원(桃源) 한양인(漢陽人)

이삼석(李三錫) 호 설월당(雪月堂)

○의(醫) 4인

내의원정(內醫院正) 정두준(鄭斗俊) 일명 자앙(子昂) 또 호 동리산인
(東里散人)

이수번(李秀蕃) 침(針) 백흥령(白興齡) 외주백(外周伯) 이들은 비장(裨
將)을 따름.

○화(畫) 1인

함제건(咸梯健) 호 동암(東巖) 상관 39인 가운데.

○마상재(馬上才)

이시형(李時馨) 오순백(吳順伯) 형시정(邢時廷)

종사비장(從事裨將) 8인 가운데. 다만 오 비장(吳裨將)·형 비장(邢裨
將) 두 사람이 어전에서 마상곡예를 했다.

○ 전악(典樂)

김만술(金蔓述) 윤만석(尹万碩)

위와 같음.

○ 이마(理馬)

박계한(朴戒漢)

위와 같음. 모두 중관(中官)이다.

○ 궁수달자(弓手達者)

차의린(車義轔)

정사비장(正使裨將) 8인 가운데.

비록 사자(寫字) 직책을 맡지 않았어도 서툴게나마 글을 쓸 수 있는 사람은 4인이었다. 이른바 사역원판관(司譯院判官) 김지남(金指南) 호 광천(廣川)은 당판사(唐判事)인데, 형제가 왔다. 상관(上官) 39인 가운데 부사비장 윤취지(尹就之) 호 죽당(竹堂), 종사소동 박성익(朴成益) 호 죽헌(竹軒) 17세, 부사소동 배봉장(裵鳳章) 호 자화(子華) 또 호 죽림(竹林) 12세이다.

이상은 겨우 작은 기술이라도 갖추어서 성명을 적을만한 이들이요, 나머지는 평범한 손님일 뿐, 거론할 인물이 못된다.

상관 39인 그 가운데 차관(次官) 7인 다만 비장 24인도 상관이다.

중관 139인 그 가운데 소동 16인

하관 162인

합 362인

본서정사(本誓精舍)에 머물며, 다만 12인은 직함(職銜)을 살피지 못
하였다.

양동창화(兩東唱和)

암성산인(巖城山人) 청수관(淸修館)

8월 12일, 먼저 첩자(帖子)를 조선국의 학사 성완(成琬)이 머무는 여관에 보냈다.

첩자용 조선서식(帖子用朝鮮書式)

> 성(姓) 이타자카(板坂) 이름 위독(爲篤) 자 자공(子恭) 호 만절재(晚節齋)
> 관반 이와기(岩城) 태수의 사관(史官) 배(拜)

조선의 풍속은 별호(別號)로 통하고 이름을 부르지 않는다. 청수관(靑修館)은 나의 초당에 걸린 편액이다.

다음 23일, 고야마 토모조(小山朝三)에 부탁하여 성 학사(成學士)에게 보내드렸다.

조선 사신 3인의 관반은 일본 오주반성(奧州磐城)의 성주 나이토(內藤), 좌경량 기가이(義槪)의 사신(史臣) 이타자카 위독(板坂爲篤)은 엄숙하게 제술관 성균관진사 성(成) 공께 시를 바칩니다.

생각건대 만경창파의 사나운 파도에도 탈 없이 사신이 탄 배는 나루에 도착하였습니다. 우리 번주(藩主)는 대군의 명령을 받들어 귀한 손님을 본서정사에 맞아들이고, 잠시 여장을 풀어 며칠간 여행의 회포를 달래주셨습니다. 저는 일개 서생으로 우리 번주를 만나 멀리 청도(淸道)의 동쪽 이야기를 오랫동안 들었습니다. 이제 여관에서 가까이 모시며 직접 명함을 드리니 어찌 중간에 선 사람을 수고롭게 하겠습니까.

바라옵기는 궤장(几杖)을 가까이 모시고 머물러 가르침을 받는 것이니, 제 비루함을 싫어하지 않으시고 은근한 깨우침을 주시면, 매우 다행이겠습니다. 이 또한 우리 번주의 마음이요 제가 사사로이 드리는 말씀이 아닙니다.

그래서 거친 시 한 편을 드려 역설(譯舌)을 대신하니 바로잡아 주시길 엎드려 바랍니다.

사신들께서 당당히 바다를 건너나	漢使堂堂涉海潮
고향을 그리는 오직 한 마음 하늘 멀리 닿았네	鄕心一片接天謠
이웃을 잘 사귀고자 하니 어찌 겨를이 있겠는가	善隣脩好何假有
두 나라의 가을바람이 천리 길의 노일세.	二國秋風千里橈

임술년 8월 23일 이타 만절재 엎드려 지음.

○이타자카 공이 보여준 시에 급히 화답함 취허(翠虛) 씀

큰 돛에 바람은 발라 추조(鰌潮)[13]를 타니	大颼風正駕鰌潮
사람들아 에도가 멀다 말하지 말라	傍人莫道武江遙

---

13 추조(鰌潮) : 『산해경(山海經)』에, "바다 미꾸리의 출입하는 것이 조수(潮水)가 된다"는 말이 있음.

서하(西河)에서 씻은 옥 오늘이 예와 같아　　　　　西河拭玉今猶古

다른 나라에서 전대(專對)하려 잠시 노를 멈추네　　專對殊方暫駐橈

임술년 9월

○해월 노옹께 드림 이타 만절재 배

문성(文星)[14]이 시림(始林)에서 나오는 것을 기쁘게 보니 喜看文星出始林

시인이 다투어 맞아 빛을 우러르네　　　　　　　　騷人爭迎仰光臨

객창의 하룻밤 심지 자르며 이야기 나누는데　　　　客窓一夜剪橙話

만 리 산에 걸린 구름이 해월의 마음이네　　　　　萬里山雲海月心

임술년 8월 25일

○만절재의 시에 차운하여 사례함 월용이 붓을 달려

기화(琪花) 밝게 빛나 사림(詞林)을 둘러싸니　　　琪花璀璨擁詞林

자리에 가득한 큰 선비 엄숙히 와 계시네　　　　　滿座鴻儒儼睨臨

바다 건너 새로 사귀는 것 의아하지 않으니　　　　海外新交公勿訝

조향(晁鄕)[15]은 일찍이 이백과 마음으로 맺었네.　　晁鄕曾結謫仙心

---

14 문성(文星) : 문운(文運)을 주관한다는 문창성(文昌星) 혹은 문곡성(文曲星)으로, 문재(文才)가 뛰어난 인사를 비유하는 말.

15 조향(晁鄕) : 아베노 나까마로(安部仲麻呂, 698~770). 중려(仲麿)라고도 하며 선수(船守)의 아들. 16세인 영귀(靈龜) 2년(716)에 당(唐)나라에 들어가 이름을 중만(仲滿)이

임술년 8월

○이 공이 학산에게 드린 시에 이어 홍 창랑께 바침 이타자카 씨 배

새로 사귄 하룻밤에 분형(分荊)[16]을 하고자 하니   新交一夜欲分荊

글 뜻이 서로 통하여 두 나라 정을 나누네   文意相通兩國情

쓸모없는 재주를 생각 않고 어른을 모시니   不料樗才陪几杖

객창의 등불 아래서 금빛 잔을 드네   客恩燈下捧金觥

임술년 8월

○이타자카 만절재의 시에 차운해 바침 창랑 고

가슴 속에 문득 깨달아 지란(芝蘭)과 형자(荊刺)를 나누니

라 고침. 중화(中華)를 사모하여 돌아오려 하지 않았고, 이름을 조형(朝衡)이라 고쳤는데 조향이라고도 함. 이백(李白)·왕유(王維)·포길(包佶)과 서로 벗하였고, 좌보궐(左補闕)을 지내고서 본국으로 돌아가다가 풍파를 만나 안남(安南)에 표착, 뒤에 다시 당나라에 들어가 산기상시 안남도호(散騎常侍安南都護)로 발탁되었으며 당나라에서 죽었음.

16 분형(分荊) : 형제들끼리 서로 우애함을 이름. 옛날 전진(田眞)이란 사람의 형제 세 사람이 재산을 똑같이 나누고 나니, 당전(堂前)에 자형수(紫荊樹) 한 그루만이 남았으므로, 세 사람이 이를 세 조각으로 나누어 갖기로 합의를 하고, 다음날 그 나무를 자르려고 가 보자, 나무가 마치 불에 탄 것처럼 말라 있었음. 전진이 크게 놀라 아우들에게 말하기를 "나무가 본디 한 그루인데 장차 쪼갠다는 말을 듣고 이 때문에 말라 버린 것이니, 우리는 나무만도 못하다." 하고, 다시 그 나무를 베지 않기로 하니 나무가 그 즉시 잎이 무성해 졌음. 형제들이 거기에 감동하여 다시 재산을 합해서 삶으로써 마침내 효우(孝友)의 가문이 되었다는 고사에서 온 말.

胸中頓覺豁蘭荊

만나서 새로 알았으나 마치 옛 정 같네 　邂逅新知宛舊情

칼을 벗고 등불 앞에서 간담을 비추니 　脫劍燈前照肝膽[17]

기쁨을 나눔이 어찌 반드시 잔을 날려 취하랴 　交歡何必醉飛觥

임술년 8월

○이 군께 바침 만절재 배

한인(漢人)을 접대하자니 억지로 시를 말해 　接伴漢人强道詩

시 짓는 재주 졸렬하여 생각이 통하지 않네 　詩才太拙不通思

두 나라가 글자는 같되 말이 달라 　兩邦同字異言語

다만 맑은 이야기를 쉽게 풀지 못함만 안타깝네 　只恨淸談無解頤

8월

만절재의 시에 급히 차운함 반곡거사 고

동쪽으로 만 리를 나와 다만 시를 쓰니 　東行萬里只裁詩

멀리 온 나그네 돌아가지 못하고 꿈속에서 그리네. 　遠客未歸費夢思

우연히 가을바람을 맞아 기러기 소리 듣고서 　偶向秋風聞旅雁

---

17 조간담(照肝膽) : 간담을 서로 비춘다는 것은 곧 서로 마음을 터놓고 성심(誠心)으로
　사귀는 것을 말함.

홀로 턱을 괴고 멀리 바라보는 하늘 밖 膽望天外獨支頤

임술 8월

○김 판관께 드림

이제껏 꿈에도 계림을 보지 못했으나 從來夢不見雞林

뜻밖에 면전에서 소식을 듣게 되네 不意面前聆信音

만나서는 기쁠 뿐이나 도리어 부끄러우니 邂逅耐歡還耐恥

시 쓰는 재주는 형극이요 입은 마치 벙어리인 듯 詩才荊棘口如瘖

8월 만절재 배

김 씨의 이름은 지남(指南)이고 호는 광천(廣川)이다. 시를 배우지
못해서 창화시는 없다. 나와 두 학사 그리고 창랑이 수작(酬酌)하는 사
이, 한송재·설월당 두 서재(書才)와 함께 몇 차례 만났는데, 광천도 여
기에 동반했다. 광천은 사람됨이 너그럽고 남을 받아들일 수 있어서,
태도가 자못 군자의 분위기가 있었다. 비록 글자를 겨우 아는 정도라
시를 지을 수 없었으니 아쉽다, 진실로 그대에게 하자가 있구나, 내가
이 때문에 깊이 탄식한다.

비오는 밤 만절재와 이야기 나누며 드리다 창랑거사 고

절절한 밤 귀뚜라미 소리 돌계단 곁에서 들리니 　　　切切夜蛩傍石階

소슬한 밤비가 고향생각 나게 하네 　　　蕭蕭暗雨打鄉懷

처마 옆 소나무와 창가의 대나무는 군자를 대하고 있으니

　　　簷松窓竹對君子

지조가 확연하구나, 만절재여 　　　志操確然晩節齋

일술 국추(菊秋)[18] 초하루

○홍 공의 시에 급히 차운하여 만절재 배

등화(燈花)[19]가 빗물을 머금고 빈 계단에 비치니 　　　燈花帶雨映空階

방 안이 쓸쓸하니 나그네 마음 어찌 하리 　　　窓下寂寥奈客懷

이 한 밤 새로 만났으나 마치 오래된 친구 같고 　　　一夜新知如舊識

담담히 말을 나누며 심재(心齋)를 씻노라 　　　淡兮交語洗心齋

임술년 9월 초하루 밤

---

18 국추(菊秋) : 음력 9월.

19 등화(燈花) : 등잔불 심지 끝이 타서 맺히는 꽃 모양의 불똥을 말함. 불이 꺼지려 할 즈음에 이 등화 현상이 일어나면 조만간 기쁜 일이 있게 된다고 함. 『서경잡기(西京雜記)』 3.

○기행시 3수를 만절재에게 써서 드리며 화답을 구함

월옹 고

일

드넓은 바다를 배로 건너와   舟經滄海濱

나니와(浪華)[20]의 나루에 돛을 내렸네   飄落浪華津

다시 동관(東關)[21]의 나그네 되니   轉作東關客

고향 그리는 만리 밖 사람이구나.   思歸萬里人

이

만 리 긴 배 타고 온 나그네   萬里乘槎客

창명(滄溟)의 작은 술잔을 닮았네   滄溟小似盃

삼신산은 어느 곳인가   三山何處是

채색구름 열린 곳 자라 등 솟아있네.   鰲背彩雲開

삼

푸른 바다는 깊고 끝간 데 없어   碧海深無極

긴 바람은 불어 그치지 않네   長風吹不休

난주(蘭舟)[22]는 어디서 머물리오   蘭舟何處泊

---

20 나니와(浪華) : 오사카의 옛 이름.

21 동관(東關) : 에도성을 일컬음.

22 난주(蘭舟) : 목란주(木蘭舟)라고도 함. 예쁘게 꾸민 작은 배.

밝은 달이 관루(關樓) 위로 떠오르네　　　　　　　明月上關樓

임술년 9월 상완, 등 아래서 쓰다.

해월 옹이 아름다운 기행시 3수를 써서 내리셨는데, 내가 문득 명을
받아 청운(清韻)을 더럽히게 되었다. 내 재주가 비루하다고 군이 사양
하였으나 감히 허락받지 못하였다. 마침내 운을 이어 마련한 것을 바
친다.

기일을 이어 암산 만절재 고

멀리 부산포 바다가를 떠나　　　　　　　　　　遠離釜浦濱
여기 와서 무강(武江)23의 나루를 묻네　　　　　來問武江津
군자는 물이고24 만남이니　　　　　　　　　　君子水哉會
새로 정을 붙이나 오랜 친구 같네　　　　　　　新情如故人

---

23 무강(武江) : 에도를 일컬음.

24 군자는 물이여 : 공자가 "물이여, 물이여.[水哉 水哉]"라고 찬탄한 까닭에 대해 맹자의
　제자 서자(徐子)가 물어보자, 맹자가 "근원이 있는 샘물은 위로 퐁퐁 솟아 나와 아래로
　흘러내리면서 밤이고 낮이고 멈추는 법이 없다. 그리고 구덩이가 파인 곳 모두를 채우고
　난 뒤에야 앞으로 나아가서 드디어는 사방의 바다에 이르게 되는데, 학문에 근본이 있는
　자도 바로 이와 같다. 공자께서는 바로 이 점을 취하신 것이다. 만약 근원이 없다면, 7,
　8월 사이에 집중 호우가 내려서 도랑에 모두 물이 가득 찼다가도 언제 그랬느냐는 듯이
　금방 말라 버리고 말 것이다. 그렇기 때문에 명성과 소문이 실제를 지나치게 되는 것을
　군자는 부끄러워하는 것이다."라고 말한 내용이 『맹자』 이루하(離婁下)에 나옴.

기이를 이어

시정(詩情)은 서로 다른 나라를 통하게 하고   詩情通異境

손님의 뜻은 삼배(三盃)[25]로 화목해지고   客意穆三盃

내 모과 한 알을 던지며[26]   投我木瓜朶

그대를 보니 슬며시 웃음 짓고 있네   看君笑口開

기삼을 이어

만 리 길 문장객이여   萬里文章客

글짓기를 잠시도 쉬지 않네   彩毫不少休

어찌 거문고와 술벗이 없으리오   豈無琴酒友

고향 생각 그치시고 누대에 오르시게   歇憶國登樓

9월 초엿새

---

25 삼배(三盃) : 이백(李白)의 〈월하독작(月下獨酌)〉에 "석 잔을 마시면 위대한 도에 통하고, 한 말을 마시면 자연과 합치되네.[三杯通大道 一斗合自然]"라는 구절을 인용하였음.

26 내게 …… 던지니 : 『시경』의 위풍(衛風) 목과(木瓜)에 "나에게 목과를 주거늘 경거로써 갚는다.[投我以木瓜 報之以瓊琚]"라는 구절을 인용하였음. 경거는 보배로운 구슬로 훌륭한 시문을 뜻함.

○창랑 공에게 드림 <small>만절재 고</small>

일본 사람이 뜻을 말하는 것은 일본 노래에 담으니	倭人言志在倭歌
노래가 어찌 중국말과 통하리오	歌什奈通漢語麽
굳이 중국시로 불러 뜻을 말하려 하나	强唱唐詩爲言志
나는 시를 읊기 졸렬하여 부끄럽다네	不才愧是拙吟哦

9월 초나흘

○만절자가 보여준 시의 운을 따라 <small>창랑 고</small>

술 앞에선 이별 노래를 켜지 마오	樽前且莫奏離歌
먼 데서 온 손님은 이별의 한 뿐인데	遠客其於別恨麽
슬프게 헤어지는 자리에 드릴 것 없어	怡悵臨岐無所贈
새로 지은 시로 그대의 노래에 답하려오	新詩聊復爲君哦

임술년 9월

○암산 일사 이타사카 공에게 드림 <small>성 취허 고</small>

| 옛날엔 하야시[27] 씨가 시로 명성을 날렸다 들었는데 | 昔聞林氏逞詩名 |
| 이제 보니 이타사카 공의 옥성이 뒤흔드네 | 今見坂公振玉聲 |

---

27 하야시 : 하야시 라잔(林羅山)을 일컬음.

문화(文華)가 동쪽 오주(奧州)[28]에서 빛남을 어찌 괴이하게 여기리오

何怪文華東奧曜

이와기(岩城)는 본디 금관성(錦官城)[29]일세

岩城元是錦官城

○성 공이 보여준 시의 운에 화답하여 바침 사카 만절 고

부끄럽게도 헛된 영예가 아름다운 이름을 지나치니　堪恥虛譽過令名

어찌 자갈 구르는 소리를 금성(金聲)[30]이라 하리오　奈何瓦礫有金聲

조선에서 온 사람은 도리어 문재(文材)의 솜씨를 빌려　韓人倘假文材手

이와기를 금관성이라 꾸며주시네　　　　　　修飾岩城爲官[31]城

9월

---

28 오주(奧州) : 일본의 무쯔(陸奧) 지방. 이곳이 만절재가 살던 곳임.

29 금관성(錦官城) : 지금의 사천성 성도현(成都縣). 두보(杜甫)가 거기 살며 자칭 금리선생이라 했으며, 시에 자주 등장함.

30 금성(金聲) : 금성옥진(金聲玉振). 맹자(孟子)가 이르기를, "집대성이란 바로 음악을 연주할 때 금속 악기로 발성을 시작하여 옥의 악기로 소리를 거두는 것과 같은 것이다. 금으로 소리를 낸다는 것은 처음의 조리요, 옥으로 거둔다는 것은 마침의 조리이니, 처음의 조리는 지혜의 일이요, 마침의 조리는 성의 일이다.[集大成也者 金聲而玉振之也 金聲也者 始條理也 玉振之也者 終條理也 始條理者 智之事也 終條理者 聖之事也]"라고 한 데서 온 말. 『맹자(孟子)』 만장 하(萬章下).

31 관(官) : 원문의 관(管)을 이렇게 고침.

○창랑 공께 드림 <small>만절재 고</small>

고개와 산이 좋은 이웃을 막는다 말하지 마라	勿謂關山隔好隣
예로부터 두 나라는 친교가 있었으니	從來兩國有交親
한번 만나 나눈 맑은 이야기는 담담하기가 물 같으니	清談一面淡如水
다같이 동방의 군자로다	共是東方君子人

임술년 9월

○만절재가 보여준 시에 따라 <small>창랑 고</small>

멀리 사신을 따라 동쪽 이웃나라에 이르니	遠隨星使到東隣
만나자 느낌은 단번에 친해지네	意氣能令一見親
도리어 새로 알게 된 즐거움을 다 누리지 못함을 안타까워 하니	
	還嗟未盡新知樂
내일은 헤어져 두 나라 사람 되는구나	明日分爲兩之人

임술년 중양절

○안 옹께 드림[32]

사신께서 명을 전하러 구름 밖으로 나오시니	使星傳命出雲外

---

32 안 옹께 드림 : 작자가 표시되어 있지 않으나 만절재(晚節齋)로 보임.

만 리 바람 가벼이 채익(茱鷁)[33] 그림의 배로다   万里風輕茱鷁舟

압록강 물은 흘러서 도부(東武)[34]의 물과 통하고   鴨綠流通東武水

계림의 달은 카이세이(海西)[35]의 가을과 어울리네   雞林月和海西秋

두 왕조가 어찌 든든한 이웃의 단단함을 변하랴   兩朝豈變隣盟固

천고의 세월 어찌 기뻐했던 부드러움이 싫으랴   千古何嫌歡好柔

강은 넓고 산은 높아 갈 길은 먼데   江濶山高行路遠

잠시 가마를 멈춰 시 짓고 노닐기를 재촉하네   暫停籃輿促吟遊

임술 중양절

○만절재의 운을 따라 급히 적어 드림 조선국 신재 고

내일 사신의 행렬은 서주(西州)[36]로 향하는데   明朝征旅向西州

오사카 성 머리에 다시 배가 떴네   大坂城頭更上舟

단풍이 불타는 사포(沙浦)의 저물 무렵   楓葉欲紅沙浦晩

기러기 울음 속에 처음 지나는 해문(海門)의 가을   雁聲初過海門秋

풍파 험한 길 이제는 조금 익숙하고   風波險路今差熟

남자의 굳센 마음은 본디 유약하지 않다네   男子剛腸本不柔

점점 주머니 속 시구(詩句)가 가득 차 옴을 깨달으니 漸覺橐中詩句滿

---

33 채익(茱鷁) : 익조(鷁鳥)를 그려 넣은 잘 꾸민 배. 곧 사신이 탄 배.

34 도부(東武) : 에도(江戶)를 부르는 다른 이름.

35 카이세이(海西) : 아이치현(愛知縣)에 존재했던 마을의 이름. 오와리국(尾張國)의 카이사이군(海西郡)의 구역에 상당함.

36 서주(西州) : 교토(京都)를 말함.

산하의 이르는 곳 시 읊으며 노니네   山河到處賦奇遊

임술년 중양절 뒤 이틀

○만절재와 헤어지며 드림 신재 고

심지를 자르며 나누는 오늘 밤 이야기   剪燭今宵話

넓은 파도 헤쳐 온 만 리의 마음   滄浪万里心

신교(神交)[37]는 스스로 막히지 않으니   神交自不隔

다음 날엔 꿈속에서 서로 찾겠지   他日夢相尋

임술년 9월

○안 노야(安老爺)의 이별시에 따라 바침 만절재 고

우연히 다른 나라의 손님을 만나니   偶値異鄕客

더욱 옛 친구의 마음으로 통하네   轉通故舊心

아쉽기는 서로 알아봄이 늦었구나   更嗟相識晏

만 리에 그윽한 곳 찾아갈 생각하네   万里想幽尋

9월

---

37 신교(神交) : 정신적인 사귐.

다시 앞의 운을 뽑아 안 옹께 화답시를 구함 동

한번 문림(文林)의 선비를 만나니	一會文林士
나는 형극(荊棘)의 마음으로 마주 하네	直吾荊棘心
두 나라가 어떤 길로 막혔나	兩邦何道隔
편지를 써서 찾아 가겠네	書信有追尋

9월

○다시 화답함 신재 고

새로운 이야기 속에 원만한 말을 얻고	新話得球語
나누는 이야기 속에 순수한 마음을 보네	交談看蕙心
만나고 헤어지는 곳	相逢相別處
손을 잡고 다시 찾기로 약속하네	握手約重尋

임술년 9월

○조선으로 돌아가는 해월옹(海月翁)을 보내며 암산 만절재 배

동쪽에 와서 노니니 어느 곳이 좋은가	東遊何所好
매양 이르는 곳마다 시장(詩場)이네	每到是詩場[38]

---

38 장(場) : 원문의 장(腸)을 이렇게 고침.

풍월은 주타(珠唾)³⁹를 따르고	風月隨珠唾
산천은 수장(繡腸)⁴⁰으로 들어가네	山川入繡腸
고향 그리는 마음에 구름은 만 리요	鄕心雲萬里
돌아가는 꿈에 눈물은 천 줄기	歸夢淚千行
시인의 잠을 놀라게 하려 하나	欲駭騷人睡
부끄러워라, 내 노래는 아름답지 못해	愧吾吟不芳

○만절재가 보여준 시를 따라 <small>성 취 허 고</small>

다행히 일본의 시인을 만나	幸遇蜻州客
함께 시 쓰는 자리에서 노닐었네	同遊翰墨場
처음에 보니 꽃을 뱉어내는 붓 같더니	初看花吐筆
다시 보니 비단 같은 마음이 된 것 같네	更訝錦爲腸⁴¹
헤어지는 안타까움이 슬픔은 천 갈래요	別恨愁千緒
이별의 정을 엮으니 열 줄이네	離情草十行
어울려 놀다 고국으로 돌아가니	提携還故國
영원히 맑음 모습에 절하네	永世揖淸芳

---

39 주타(珠唾) : 구슬 같은 침. 아름다운 시구(詩句) 등을 형용한 말.

40 수장(繡腸) : 뱃속에 시문(詩文)이 가득 들어 있어 문장을 잘한다는 말. 이백(李白)이 일찍이 심간(心肝)과 오장(五臟) 모두가 금수(錦繡)로 되어 있다는 평을 받았음.

41 금위장(錦爲腸) : 뱃속에 시문(詩文)이 가득 들어 있어 문장을 잘한다는 말. 이백(李白)이 일찍이 심간(心肝)과 오장(五臟) 모두가 금수(錦繡)로 되어 있다는 평을 받았음.

　　내가 동도(東都)에 들어가 만난 현사(賢士)와 대부(大夫) 그리고 사림
(士林)이 무척 많았는데, 몸과 마음이 단정하고 시의 품격이 맑고 긴절
한 것을 보았다. 나는 만절공에게 마음을 보여주고 스스로 친애하였
으니, 비록 대패(大貝)[42]만 아니라 금론(金論)을 받아들었다. 공은 머지
않아 서쪽으로 돌아가는데, 가까이 하는 정표의 선물을 또 갖추어 주
니, 감읍함을 이기지 못하고 그를 위해 이별의 말을 보낸다.

　　임술년 9월 중양절

○지산(芝山)의 아름다운 시에 차운하여 만절공께 드림 창랑 고

두 나라가 오래 전부터 좋은 사이였으니	兩邦修舊好
남북은 곧 동녘 하늘이라	南北卽東天
스스로 조충(彫蟲)의 기술[43]을 우습게 여기며	自笑彫蟲技
바다 건너는 배를 따라 왔네	來隨泛海船
이름난 도시에 인물이 넘치고	名都富人物
뛰어난 경치는 산천에 두렷하네	勝地別山川
만나서 인사 나누며 형체를 잊으니	傾盖忘形處

---

42 대패(大貝) : 조개 이름. 『서경』 고명(顧命)에 "대패와 분고(鼖鼓)는 서방(西房)에 있
　다."는 구절이 있음. 주(周)나라 문왕(文王)이 은(殷)나라 주왕(紂王)에게 붙잡혀 유리(羑
　里)에 갇히자, 문왕의 친구들이 네 가지 보물을 주왕에게 선물하여 문왕을 석방하게 하였
　는데, 대패가 그중 하나였다고 함.
43 조충(彫蟲)의 기술 : 조충소기(彫蟲小技)에서 왔음. 글귀를 수식하며 문장을 짓는 일을
　말함.

시 짓는 자리에서 기쁘게 연구(聯句)를 얻는구나　　　吟床喜得聯

○홍 공이 보여준 시에 이어 바침 이타 만절재 고

동화(東華)[44]의 문물 갖춘 손님	東華文物客
오셔서 부상(扶桑)의 하늘을 빛나게 하네	來耀扶桑天
고향 생각은 구름 같은 소매에 가득하고	鄕思滿雲袂
나그네 서글픔에 술 실은 배 저어가네	羈愁棹酒船
머리 돌리니 모두 이역 땅	回頭皆異域
역을 나서니 이곳이 나가가와(長川)[45]	出驛是長川
묻노니 삼신산의 깊은 곳 어디메냐	借問三山裏
가면서 부른 노래 몇 연(聯)이나 되는가	行唫有幾聯

임술년 9월

○지산의 운을 겹쳐 함께 만절재 공에게 드림 취허 고

매양 경서를 대하며 지사를 생각하니	每對羣經懷志士
머물고 나가매 도가 있어 본래 통하네	居行有道本來通
말은 떠오르는 해를 엿보며 나무 그늘을 지나가며	馬窺旭日穿深樹

---

44 동화(東華) : 조선을 가리킴.
45 나가가와(長川) : 후쿠오카현(福岡縣)에 있는 마을.

배는 맑은 강을 건너 푸른 하늘에 떨어지네 　　舟渡澄江落碧空

오랜 교분을 잘 닦되 모두 예의를 갖추고 　　　修好舊交全古禮

새 정권이 은혜로워 남풍가를 연주하네. 　　　推恩新政鼓薰風

이로부터 구름을 다스리는 재료로 삼는다면 　　從此雲物資治理

비와 이슬이 되어 초췌한 몸을 살려내리라 믿네 　雨露定知蘇悴躬

○계림으로 돌아가는 이 공을 환송하며 드림 암산 만절재 배

그믐달이 그대를 보내는 도부(東武)의 서쪽 　　殘月送君東武西

머리 돌리니 바다 밖 슬피 보이네 　　　　　回頭海外轉悽悽

헤어지는 마음 말하고자 하나 말은 말이 아니고 　別情欲語語無語

새벽 종소리와 닭 울음 겨우 듣네 　　　　　忍聞曉鐘與曉雞

또 한 수 같음

만나면 기쁘고 헤어지면 슬픈데 　　　　　　逢則欣欣別則悲

동서로 오감은 각각 때를 따르네 　　　　　　東來西去各隨時

여구가(驪駒歌)[46] 마치니 말은 가자 울고 　　驪駒歌閼馬蹄早

조장(祖帳)[47]을 쓸쓸히 거두고 생각난 대로 글을 쓰네

---

46 여구가(驪駒歌) : 여구는 일시(逸詩)의 편명인데, 송별할 때에 부르는 노래. "검은 망아
지가 문에 있으니, 마부가 다 함께 있도다. 검은 망아지가 길에 있으니, 마부가 멍에를
채우는구나.[驪駒在門 僕夫具存 驪駒在路 僕夫整駕]"라는 가사.

祖帳孤襄題所思

임술년 9월 10일

○아름다운 시에 차운하여 만절공과 이별하는 시로 드림

반곡거사 이붕명 고

헤어지는 마음 아득하여 슬픔을 이기지 못하는데	別意悠悠不勝悲
한 상에 모여앉아 글 지을 때가 다시 오려나	一床文會更無時
구름과 바다는 망망하여 몇 천리인가	雲海茫茫幾千里
두 나라에서 밝은 달 보거든 서로 떠올리기를	兩邦明月幸相思

또 한 수 같음

세상에서 한번 헤어지면 동서로 막히는데	人間一別隔東西
손잡고 헤어지자니 서러운 마음이네	握手臨岐意轉悽
술잔 들어보는 오늘 아침 이야기도 흥이 다하고	尊酒今朝話盡興
길손으로 떠날 내일 새벽닭을 기다리네	客行明日待晨雞

임술년 9월 상완

---

47 조장(祖帳) : 전별(餞別)을 고하는 자리.

○ 조선으로 돌아가는 홍 창랑을 보내며 드림 이타 만절재 고

그대는 계림으로 나는 오주(奧州)로 떠나는데	君去雞林我奧州
가을바람 맞으며 헤어지자니 문득 이별의 슬픔	秋風分袂入離愁
꿈인지 생시인지 만남은 짧았고	夢耶非夢相看短
본서사 가운데 종 걸린 다락이로다	本誓寺中鐘一樓

또 한 수

의마(意馬)[48]로 그대를 따라 만 리를 달렸는데	意馬隨君萬里馳
계림이 멀다 하나 다시 무엇이 슬프리오	鷄林雖遠更何悲
서늘할 때 와서 서리 내릴 때 돌아가니	袖凉來又袖霜去
생각건대 등자는 노랗고 귤은 푸른 때[49]라네	想像橙黃橘綠時

임술년 9월

○ 만절재의 이별시의 운을 따라 창랑 고

| 내일은 마차를 타고 재치(載馳)[50]를 경계하니 | 明日脂車戒載馳 |

---

48 의마(意馬) : 생각이 마구 일어나 제어하기 어려운 것을 말에 비유한 것. 『돈황변문집 (敦煌變文集)』의 유마힐경강경문(維摩詰經講經文)에 "마음 원숭이와 생각 말이 미쳐 날 뛰기를 그쳤다.[心猿意馬罷顚狂]" 하였음.

49 등자는 …… 때 : 초겨울을 말함.

50 재치(載馳):『시경(詩經)』소아(小雅) 황황자화(皇皇者華)에 나오는 말. "이리저리 채

하늘 끝을 가고 머물매 서로 슬프구나	天涯去住一相悲
이별의 정 무한함을 알고자 한다면	欲知此別情無限
산이 평지 되고 바다가 탁해지기를 기다려야 하리.	直待山平海濁時

임술년 9월

주(州) 자의 화초(和草)는 분실했는가.

○말 앞에서 멀리 석별하는 성 공에게 드림 만절재 고

누가 계림의 문인을 아는가	豈識雞林文史郎
창파에 뜬 조각배 해동을 떠왔네	滄波一葉海東航
나란히 앉아 맑은 마음은 천산(千山)의 달이요	連牀心淨千山月
베개를 베고 추운 꿈은 만 리(萬里)의 고향이네	支枕夢寒万里鄕
뜻 높은 모임에 나라 말로 통하지 못함을 한탄하나	高會恨無通國語
우아한 이야기는 왜나라 글로 옮겨 담기로 정하였네	雅談定罔譯倭章
모자를 기울이며 자주 이별을 재촉하니	偶傾冠盖頻催別
서로 생각 나 뒷날에 애끊음을 어찌 하리	相憶他時奈斷腸

임술년 9월 12일

찍질하여 달려서, 두루 찾아서 자문을 하도다.[載馳載驅 周爰咨諏]"한 데서, 사명(使命)
을 받고 떠난 신하가 행여 임금의 뜻에 미치지 못할까 매양 염려하는 뜻을 노래한 것임.
전(轉)하여 여기서는 사명(使命)을 수행하는 일을 뜻함.

○말 앞에서 창랑거사와 이별을 아쉬워하며 드림 <small>청수관절 배</small>

꽃이 빛나듯 창해에 떨쳐	若華燿燿拂蒼海
만 리 밖 빛을 전한 조선 사신의 배	萬里傳光韓使舟
아침에는 높은 산에 올라 고국을 생각하고	朝陟高山思故國
저물녘엔 강물을 바라보며 맑은 놀이를 하였네	晩臨遠水作淸遊
객관의 창가에 근심하며 앉아 있으니 하루가 한 해 같고	
	客窓愁坐日如歲
역로(驛路)의 시정(詩情)으로 읊은 글은 언덕 같구나	驛路詩情筆似丘
어딘들 어찌 기러기 가는 길 없으리오	何處豈無來雁道
두 곳에 떨어져서 백서(帛書)[51]의 가을을 기약하세	爲期兩地帛書秋

임술년 9월 12일

○고향으로 돌아가는 청수관을 보내며 <small>닌 처사[52]</small>

무릉(武陵)의 가을은 아직 시를 쓸 만한 경치가 아닌데

---

51 백서(帛書) : 비단 조각에 쓰는 편지. 기러기와 백서에 관련하여 이런 고사를 떠릴 수 있음. 한 무제(漢武帝) 때 소무(蘇武)가 흉노(匈奴)에게 사신으로 갔다가 19년 동안 억류되어 있을 때, 소제(昭帝)가 보낸 사자가 선우(單于)에게 거짓말을 하기를 "황제가 상림원(上林苑)에서 사냥하다가 북쪽에서 날아온 기러기를 잡았는데 기러기의 발목에 소무 등이 아무 곳에 있다고 쓰여진 백서(帛書)가 묶여 있었다." 하자, 선우가 사과를 하고 소무를 돌려보냈음. 기러기는 편지를 가지고 가는 인편이나 왕래하는 서신을 뜻하나, 멀리 보내는 서신이 잘 전달될지 믿기 어려운 것은 사실임을 말하기도 함.

52 임 처사 : 관반에 붙어 일한 문인의 한 사람. 『임처사일기』가 있음. 여기서부터는 일본인 사이의 증답시(贈答詩)임.

武陵秋未出詩境

조선 손님은 서쪽으로 돌아가고 또 그대는 동으로　韓客西歸君又東

글로는 비록 두 나라 사이가 좋게 다져졌으나　文藻雖修兩邦好

붓 끝으로 일신의 공을 자랑할 게 없네　筆簪無伐一身功

술 따르며 그리워 하니 유유히 사슴이 울고[53]　酒斟相思呦呦鹿

편지 붙여 정을 쏟으니 끼룩 끼룩 기러기 소리　書寄馳情嗃嗃鴻

이별하는 자리에서 어찌 듬뿍 취하기를 사양하겠는가　離席何辭十分醉

달빛 밝은데 부르는 서늘한 몇 곡　涼吟數曲月明中

임술년 가을

○닌 처사의 이별시에 급히 차운하여 만절재 배

시인의 만남은 가을 빛을 가르고　騷人邂逅分秋色

두 소매에 같은 정으로 서쪽과 동쪽　雙袖同情西與東

헤어지는 자리 술 힘을 빌려 슬픔을 삭이고　別緒消愁假酒力

맑은 이야기는 비록 담담하나 차(茶)의 공임을 알겠네　清談雖淡識茶功

내일 아침 돌아갈 이와기(岩城)의 손님이여　明朝歸去岩城客

다른 날 다케노(武野)의 기러기로 기약하네　他日相期武野鴻

촛불 아래서 손을 잡고 다시 눈물을 뿌리니　握手燈花還濺淚

---

53 유유히 …… 울고 : 『시경』〈소아〉 '녹명장(鹿鳴章)'에, "유유(呦呦)한 사슴의 울음이여, 들 마름을 먹는도다[呦呦鹿鳴 食野之萍]."하였는데, 그 서에, "임금이 여러 신하와 좋은 손님을 대접하는 시다."하였음.

다시 올 재회는 시 가운데 약속하네   重來再會約詩中

임술년 9월 보름

만절자가 이와기의 청수관으로 돌아가려 이별을 알리니, 닌 처사가 율시 한 편을 가지고 전별하였다. 나 또한 운을 같이하여 멀리 헤어지는 마음을 쓴다. 학산 초

내일 아침 한 필 말은 어디로 가는가   匹馬明朝何處去

이와기국(岩城國)은 다니하나(谷華)의 동쪽이라네   岩城國在若華東

먼저 반갑기는 고향에서 편지가 탈 없고   先歡故里書無恙

다시 한숨짓기는 이별의 자리 술이 공을 세우네   更嗟離筵酒有功

우연히 외론 배를 저어 범려(范蠡)⁵⁴를 따르고   偶棹孤舟追范蠡

한가로이 오희(五噫)⁵⁵를 부르며 양홍에게 묻네   閑歌五噫問梁鴻

말하며 보노니 오늘 밤 서쪽 창문의 달은   語看今夜西窓月

다른 날 청수관의 작은 집 가운데서 보리라   他日淸修小館中

임술 9월

---

54 범려(范蠡) : 범려가 일찍이 월왕을 보좌하여 오나라를 쳐서 멸망시키고 나서는 월나라를 떠나 오호(五湖)에 배를 띄우고 돌아다니다가 제나라에 들어가서 치이자피(鴟夷子皮)로 성명을 바꾼 고사에서 따옴.

55 오희(五噫) : 노래 이름. 후한(後漢)의 양홍(梁鴻)이 지은 것임. 양홍이 경사(京師)를 지나면서 수많은 토목공사에 백성들이 시달림을 받는 것을 보고서 비통한 뜻이 담긴 이 노래를 지어 불렀는데, 다섯 마디로 된 마디 끝마다 '噫' 자가 붙어 있어 오희(五噫)가 된 것임.

○헤어지는 만절재께 부침 좌천기

한번 만나 진실로 즐겁기가 마치 여러 해 같았고	一逢誠款若多年
헤어짐이 어느 때인가, 이별의 자리로다	分袂何時離別筵
가을 강 도부(東武)의 달을 잊지 마소서	莫忘秋江東武月
관산(關山)의 풍흥(風興)에 좋은 시를 약속하네	關山風興約佳篇

○좌천기의 시를 따라 청수관 고

시인은 첫 마디에 망년(忘年)의 벗이 되고	騷人初話是忘年
재주 없다 의심 않고 멋진 자리에 맞아주네	勿訝不才接雅筵
그대가 동오(東奧) 땅을 소요하시거든	君若逍遙東奧地
암산(巖山)[56]이 함께 읊어 원유편(遠遊篇)[57]이네	巖山同賦遠遊篇

임술년 9월

좌천기의 운을 써서 함께 읊음 닌 처사

이 가을의 뜻밖의 만남 어느 해인가	此秋奇遇是何年

---

56 암산(巖山) : 청수관의 호이기도 함.

57 원유(遠游篇) : 초(楚)나라 굴원(屈原)이 자신의 방직(方直)한 행실이 세상에 용납되지 않아서 참녕(讒佞)에 시달려도 호소할 곳이 없자, 이에 선인(仙人)과 함께 이르지 않은 곳이 없이 천지를 두루 돌아다니는 내용을 소재로 하여 〈원유편(遠游篇)〉을 지었던 데서 온 말.

문자로 맑게 나눈 시는 조선의 손님들과 만든 자리라네

文字淸酬韓客筵

우아한 흥취는 멀리 천 리 밖으로 전하고　　　　　雅趣遠傳千里外

휘호는 바로 객관의 머리에 걸리네　　　　　　　揮毫卽揭館頭編

○다시 닌 처사의 시에 화답하여 만절재 고

문화(文華)가 흥성하게 피어난 태평스런 해　　　文華盛發太平年

시인의 맑은 빛은 술자리를 누르네　　　　　　騷客淸光壓酒筵

오늘 비록 헤어지나 다른 날이 있고　　　　　　今日雖分他日有

이별의 아쉬움 한 편에 적어 잊지 말게나　　　勿忘離恨一聯篇

○닌 처사의 시에 기초하여 헤어지는 청수관께 부침 백개

추당(秋堂)에 무릎을 디밀어 뛰어난 풍치를 떠올리고 促膝秋堂風逸想

담천(談天)[58]의 진사는 강동(江東)을 말하네　　　談天進士語江東

반성(盤城)에서 꿈을 꾸기로는 성대한 이름의 공업이요

盤城引夢盛名業

조선 손님의 수창시는 아름다운 영예의 공업이로다 韓客酬詩美譽功

---

58 담천(談天) : 전국시대 제나라의 음양가(陰陽家) 추연(鄒衍, 또는 騶衍)이 천문을 논할
　때에 그 말이 굉원박대(宏遠博大)하였으므로, 사람들이 '담천연(談天衍)'이라고 불렀음.
　'담천'은 천지의 이치를 잘 논하는 것, 또는 달변이라는 의미를 지님.

편편이 꽃다운 붓으로 채봉(彩鳳)을 그리고	片片筆華題彩鳳
줄줄이 문자는 나는 기러기를 늘어놓네	行行文字列飛鴻
시단에서 상대하며 승패를 겨루고	騷壇相對酌乘落
헤어지자니 막힌 말59은 한 잔 술 속에 있네	一別忘言一盞中

○백개의 시를 따라 청수관

깊은 정이 통한 곳은 천 리를 통하니	深情通處通千里
강동(江東)이 동오(東奧)와 떨어졌다 말하지 말라	勿道江東隔奧東
새로 알고 서로 친한 것은 글 짓는 벗	新識相親文墨友
나눈 마음 버리지 않음은 작은 시의 공	交心不捨小詩功
하룻밤 남은 이야기, 아침 새를 안타까워하고	一宵殘話恨晨鳥
몇 마디 붙인 회포, 변방의 기러기를 기다리네	數片寄懷待塞鴻
돌아가는 날에 이별의 뜻으로 쓴 글씨이지만	別意揮毫歸去日
헤어진 심정은 이제부터 편지로 부치려네	離魂自是托書中

---

59 막힌 말 : 원문의 망언(忘言). 적당하게 표현할 말을 찾지 못함을 이름. 도잠(陶潛)의 〈음주(飮酒)〉 시에 "산기운은 조석으로 아름답고 나는 새는 서로 함께 돌아오네. 이 가운데 자연의 참뜻이 있는지라. 변론하려도 이미 말을 잊었네.[山氣日夕佳 飛鳥相與還 此中有眞意 欲辯已忘言]" 한 데서 온 말.

○다시 화답하여 닌 처사

헤어진 다음 그대를 그리니 해는 저물고	別後懷君雲日暮
반성(盤城)의 초가집은 강동에 있네	盤城草舍在江東
마음 짙어지니 스스로 기쁨과 즐거움을 알겠고	心濃自識說兼樂
몸이 물러나니 명예와 공훈에 거하지 않네	身退不居名與功
범려는 어느 곳을 좇아 화익(畵鷁)[60]을 띄웠나	范蠡何從浮畵鷁
진승은 문득 비유하여 고홍(高鴻) 닮았다 하였네[61]	陳勝却喩似高鴻
이(離)로는 경서를 삼고 작(酌)으로는 사서를 삼아 성현주[62]인데	
	經離史酌聖賢酒
옛날 돌아보아도 그것으로 취했다는 말 듣지 못했네	振古未聞彼亦中

○거듭 닌 처사의 시를 따라 만절재 고

청수관 작은 집은 강좌(江左)에 있고	淸修小館在江左
갈림길에서 헤어지니 동쪽으로 다시 동쪽으로	岐路相分東復東

---

60 화익(畵鷁) : 익조(鷁鳥)를 그려 넣은 배.

61 진승은 …… 하였네 : 진승(陳勝)이 젊었을 때 어떤 사람과 품팔이를 하면서 밭두둑에 앉아 "출세하면 잊지 않겠다." 하니 그 사람이 "품팔이하는 주제에 무슨 출세를 하느냐." 고 하자, 진승이 탄식하면서 "연작이 어떻게 홍곡(鴻鵠)의 뜻을 알랴." 하였음.

62 성현주(聖賢酒) : 성주는 청주, 현주는 탁주에 해당하는 은어. 이백(李白)의 〈월하독작(月下獨酌)〉에 "已聞淸比聖 옛말에, 청주는 성인과 같고 / 復道濁如賢 탁주는 현인과 같다고 하였네 / 賢聖旣已飮, 현인과 성인을 이미 들이켰으니 / 何必求神仙, 굳이 신선을 찾을 거 없지"라는 구절이 있음.

몸은 시인과 더불어 좋은 구절을 얻어 기뻤으나　　　身伴詩人喜得句

이름은 문사(文史)를 침범하여 아무 공이 없음을 부끄러워하네

　　　　　　　　　　　　　　　　　　　　　　名侵文史愧無功

하루아침 멋진 만남 내 시에 화답해 주시니　　　一朝奇遇和浮蝦

하늘 끝 두 곳에 헤어져 지나가는 기러기를 바라보겠네

　　　　　　　　　　　　　　　　　　　　　　兩地天涯望過鴻

헤어지는 정을 담고자 하나 점필(佔畢)⁶³로 끙끙대고　欲題別情呻佔畢

다만 눈물을 닦으며 석허중(石虛中)⁶⁴에 머물 뿐　　只摩淚眼石虛中

○ 또 다시 화답하여 _{닌 처사}

암산(岩山)의 가을 차가운데 청수관이여　　　岩山秋冷淸修館

눈은 창문을 덮는데 해는 동쪽에서 떠오르네　　雪護窓紗日出東

신발 두 짝 남긴 왕위(王爲)⁶⁵는 다시 무엇을 물리치며

　　　　　　　　　　　　　　　　　　　　　　雙履王爲更何退

무덤에 들어간 동중서(董仲舒)는 공을 꾀하지 못하네　下帳董子不謀功

좋은 기미는 지붕 위의 까치로 먼저 점치고　　喜機先卜屋頭鵲

돌아오는 길에는 모래 위의 기러기를 찾아가네　歸路漸干沙上鴻

문득 고향의 오늘 밤 달을 떠올리니　　　　　却憶故園今夜月

---

63 점필(佔畢) : 책의 글자만 읽을 그 깊은 뜻을 통하지 못함. 『예기』의 '신기점필(呻其佔
畢)'에서 따옴.

64 석허중(石虛中) : 돌 벼루를 의인화(擬人化)한 표현.

65 왕위(王爲) : 미상.

홀로 서서 그대를 기다리는 규중(閨中)이 보이네　待君獨立看閨中

○닌 처사와 좌천기 두 분에게 남김 만절재 고

아름다운 시로 손님을 보내며 먼 곳을 그리워하니　玉詩送客憶迢遙

굿센 붓으로 먹물을 말아내어 바다 물결이 솟구치네　健筆卷瀾湧海潮

서로 만나 헤어진 도부(東武)의 땅　　　相値相分東武地

이 밤과 내일 아침을 알지 못하겠네　　不知今夕又明朝

임술년 9월

○만절재 사안의 시를 이어 닌 처사

편지는 갈 길이 멀다 말하지 마라　　　　書信莫言行路遙

무양(武陽)⁶⁶의 강물 위에서 바다와 통하려고 하네　武陽江上欲通潮

이 시가 흡족하기는 가려운 데를 긁는 것과 같아　此詩恰若抓痒處

바쁜 가운데서도 한번 읊는 총총한 아침　忙裏一吟偬偬朝

66 무양(武陽) : 도쿄를 가리킴.

○만절재의 시에 급히 이어 좌천기

비록 종산(鍾山)[67]의 구름 위는 멀다는 것 알지만	雖識鍾山雲上遙
기러기는 푸른 바다 밀물 드는 곳에 쉽게 이르네	雁賓易到碧波潮
서로 만난 오늘 밤은 바람결에 헤어지는데	相逢今夜分風袂
노래한 뜻이 흥겹고 깊어 아침 또 아침이네	吟意興深朝又朝

○헤어지는 만절재에게 부침 대고지산 초

거듭 만나 문장을 논하기가 어느 해인지 알리	重會論文知曷年
차마 벌목장(伐木章)[68]을 노래하며 이별의 자리에 붙이네	
	忍哦伐木付離筵
푸른 구름 천 리 고개 겹겹 막혔으니	蒼雲千里隔層嶺
나를 위해 머뭇거리며 한 편을 남기네	爲我跰躇留一篇

---

67 종산(鍾山) : 중국의 지명. 은거하는 이들의 고사가 많음.

68 벌목장(伐木章) : 『시경(詩經)』 소아(小雅) 벌목(伐木)에 "나무 찍는 소리 쩡쩡 울리
고, 새들은 재잘재잘 즐겁게 노래하네. 깊은 골에서 훌쩍 날아서는, 높은 나무 위로 자리
를 옮겨 앉네. 재잘재잘 즐겁게 노래하는 새들이여, 서로들 벗을 구하는 소리로다.[伐木
丁丁 鳥鳴嚶嚶 出自幽谷 遷于喬木 嚶其鳴矣 求其友聲]"라고 하였는데, 새들의 즐거운
소리가 이제는 슬프게만 들린다는 말. 친구에 대한 우정을 표현함.

○지산의 송별시에 이어 청수관

하루아침 뜻이 맞아 세월을 보냈는데　　　　　　一朝傾盖逐流年

헤어지는 뜻을 글 쓰는 자리에서 다 펴지 못하고　　別意未揮翰墨筵

조주(祖酒)[69]하느라 잠시 멈추어 나를 위해 시를 짓는데

　　　　　　　　　　　　　　　　　　　　祖酒暫停爲我賦

암산(岩山)은 만 리 백운편(白雲篇)[70]이네　　　岩山万里白雲篇

천화 2년 9월 18일 암산 청수관

　이상은 청수관의 초본을 가지고 급히 베낀 것이다. 자못 착오가 있
으리라. 무강치룡(武江痴龍)이 쓰다.

---

69 조주(祖酒) : 길을 떠날 때 드리는 제사. 곧 전별의 자리.

70 백운편(白雲篇) : 흔히 남조(南朝) 제(齊)나라 시인 사조(謝朓)의 〈배중군기실사수왕
　전(拜中軍記室辭隨王箋)〉 시에 "흰 구름은 하늘에 떠 있건만, 용문 땅은 보이지 않네.[白
　雲在天 龍門不見]"라는 구절에서 유래하였다고 말함.

和韓唱酬集 卷四

《東使紀事》

太清 洪熙壬戌五月八日，朝鮮官使發漢陽，日本 天和二年八月二十一日，到于武陵，是爲奉賀大君之新政也。館伴小笠原 信濃守長勝、內藤左京亮義槪，豫蒙台命，迎接韓人於本誓坊矣。官使臣僚，文武附屬，共三百六十二員，各有官有職，不敢漫階級。信宿二十余日，同九月十二日，大旂向西歌驪去，其際，林、野、坂、木之鴻儒老，筆語唱和頗多，且雞峰、孚軒兩奇童，不詩材辱祖宗，無韓人大捲舌不感七步。但坂公依徵恙，惟一會，木老兩度乎韓人，又嘆柳順剛騷雅。木氏門人若荷溪、春菴、春貞、介軒、菊潭、蠑菴，皆林門之英傑也。文風殆壓韓國，東都墨客佐玄龍，得米芾之髓，文采又兼備焉。豈金生、郭預之書技耳？韓客多需寫字，贈詩賦稱妙手，想今世艸野之兒童，倣吾伊，有林羅翁之唾餘也。嗚呼，罔羅翁，書生或落于曳白，林學有功于世，以是可知焉。佐氏之書才，又復如斯而已。東都之人，學艸聖，辨楷書，初識倭字之俗，非出於佐氏掌握耶？與林學之成功，可並按者，夫唯玄龍乎！僕雖江左之鯫生，以遊事館伴太守，僭犯史官之名。古之列國，各有史，韓人何尤耶？夫以菲薄之才，得接高明之莚下，又僥倖之勝會也，館伴之奇遇也，非以僞心矣。凡韓人三百六十二員，身通操觚者, 只四人, 所謂學士成翠虛、進士李鵬溟、判事安愼徽、副使裨將洪來叔也, 可謂得文材之難也矣。但三官使, 不關于斯焉, 爲篤按甚矣, 麗奴之欺倭人也。麗主如今, 臣隷于太淸, 而曰不隷之, 用太淸 洪凞之號, 而曰麗國無號, 振古未聞文物之國無號。姑以《東國通鑑》論之, 三韓或隷于勃海, 或隷于契丹, 或隷于女眞, 或隷于中國, 不能韓主自立。大卒所東史之筆也, 胡爲今不隷于淸矣? 凡中國進貢之主, 皆受中國之封冊, 用中國之號。我日本自建太寶以來, 歲序旣一千年, 官階服色, 禮儀制度, 卓然自立, 而無受他邦之號冊, 麗主皆受中國之冊, 豈不用號耶? 脫諱隷于胡主欺之, 元主又胡族也, 古之麗主, 何進貢于元朝乎? 雖欺倭, 麗奴自欺也。稱禮義之邦, 謂君子之國, 而手厠籌, 足文史, 或箕踞涉筆, 或側臥讀書, 禮義之君子, 何入他邦如斯, 夫怠慢哉? 僕聞中國之士, 以使于他邦, 爲光榮, 所以國信錄之編集也, 使哉之嘆, 可得而聞焉。近陳留 謝氏, 有謂夷狄諸國, 莫禮義於朝鮮, 宜哉此言。夷狄而稍有禮義, 朝鮮也矣。所謂與君子之禮義, 非同日之論矣。蓋知文字者, 亦不多, 其稱文物之邦者, 果何事耶? 李氏姑舍之若成、安、洪之三氏, 可謂沙中之金玉也。然尙未免有胡臭, 後之使于他邦者, 能思之。

三使、上上官、學士并上判事姓氏職號

○ 正使
通政大夫吏曹參議知製敎尹趾完, 號東山, 四十八九歲。

○ 副使
通訓大夫弘文館典翰知製敎兼經筵侍講官春秋館編修官李彦綱, 號鷺湖, 三十八九歲。

○ 從事

通訓大夫弘文館校理知製教兼經筵侍講官春秋館記注官朴慶後, 號竹菴, 可四十歲。級第四度, 無一度之落第云。

○ 上上官三員 【通倭語。】

同知。朴再興。號仲秀。

僉知。卞承業。

僉知。洪寓載。

○ 學士

製述官成均館進士成琬, 字伯圭, 號海月軒, 又號翠虛, 又號大觀齋, 又號月翁。【卯文用伯字非白圭字。】 四十四歲, 昌山人。

○ 上判事

前主簿。安慎徽, 號慎齋, 又號藏六軒。

前直長。鄭文秀。

前正。劉以寬。 【唐判事】

○ 上官卅九人。 【內文才幷技藝之輩。】

成均館進士李聃齡, 字耳老, 號鵬溟, 又號漢州居士, 又號醉翁, 又號盤谷。

僉正洪來叔, 字世泰, 號滄浪居士。副使裨將八人之內, 以有詩才, 雖武官列于文會。

○ 寫字二人

李華立, 號寒松齋, 又號桃源, 漢陽人。

李三錫, 號雪月堂。

○ 醫四人

內醫院正鄭斗俊, 一名子昂, 又號東里散人。

李秀蕃、【針】白興齡、【外】周伯。

右裨將之內。

○ 畫一人

咸梯健, 號東巖。　【上官卅九人也。內。】

○ 馬上才

李時馨、吳順伯、邢時廷。

從事裨將八人之內。但吳裨將、邢裨將兩士於御前盡馬曲。

○ 典樂

金蔓述、尹萬碩。

同上。

○ 理馬

朴戒漢。

同上。皆中官也。

○ 弓手達者

車義轔。

正使裨將八人之內。

雖不爲寫字之職, 粗能書之輩四人, 所謂司譯院判官, 金指南, 號廣
川, 唐判事也。兄弟來朝焉。上官卅九人之內。

副使裨將尹就之, 號竹堂。

從事小童朴成益, 號竹軒。　【十七歲】

副使小童裵鳳章，號子華，又號竹林。【十二歲】

右採稍達小技之士，表章姓名，餘皆碌碌蕃客也，不及於枚擧焉。

上官卅九人內次官七人。【但裨將二十四人，上官也。】

中官百卅九人內小童十六人。

下官百六拾二人。

合支三百六十二人，寓于本誓精舍，但十二人，不足于職御可考。

《兩東唱和》

巖城山人 清修館。

八月二十二日，先投帖子於朝鮮國學士成琬之旅館。

帖子用朝鮮書式。

> 姓板扳 名爲篤 字子恭 號晚節齋 館伴岩城
> 太守之史官也 拜

朝鮮風俗通別號，不稱名。青修館，予艸堂之扁榜也。

翼二十三日，憑小山朝三，呈刺於成學士。朝鮮三官使館伴，日本奧州磐城城主內藤左京亮義概。史臣板坂爲篤，端肅奉呈詩於製述官成均館進士成公槎下。想夫蒼波萬重，鰲波無恙，錦帆千里，蜻州問津。我主承大君之鈞命，館待貴客於本誓精舍，蹔解華履，慰數日之旅懷。僕一介書生，我主之遇也，遠聞清道之東，爲日久矣。今近侍館下，直以投刺，何勞介者？仰冀聊陪几杖，駐咳唾之音，然則不嫌僕卑陋，有愍勤之諭，幸甚。是亦我主之心也，非敢私言之。因奉埀詩一章, 以代譯舌, 伏乞郢正。

漢使堂堂涉海潮, 鄕心一片接天謠。善隣脩好何假有? 二國秋風千里橈。

壬戌仲秋二十三日, 板晚節齋拜犒。

○《走次板坂公示韻》翠虛稿。

大飇風正駕鰌潮, 傍人莫道武江遙。西河拭玉今猶古, 專對殊方蹔駐橈。

壬戌仲秋。

○《奉呈海月老爺案下》板晚節齋拜。

喜看文星出始林, 騷人爭迎仰光臨。客窓一夜剪橙話, 萬里山雲海月心。

壬戌八月二十五日。

○《次謝晚節齋韻》月翁走艸。

琪花璀璨擁詞林, 滿座鴻儒儼睨臨。海外新交公勿訝, 晁鄕曾結謫仙心。

歲壬秋仲。

○《賡李公所呈鶴山玉韻奉洪滄浪案下》板坂氏拜。

新交一夜欲分荊, 文意相通兩國情。不料樗才陪几杖, 客恩燈下捧金觥。

壬戌仲秋。

○《奉次板坂晚節齋韻》滄浪稿。

胸中頓覺豁蘭荊, 邂逅新知宛舊情。脫劒燈前照肝膽, 交歡何必醉飛觥。

　壬戌仲秋。

　○《奉呈李君榻下》晚節齋拜。

　接伴漢人强道詩，詩才太拙不通思。兩邦同字異言語，只恨清談無解頤。

　仲秋。

　《走次晚節齋之韻》盤谷居士稿。

　東行萬里只裁詩，遠客未歸費夢思。偶向秋風聞旅雁，膽望天外獨支頤。

　壬戌仲秋。

　○《呈金判官案下》

　從來夢不見雞林，不意面前聆信音。邂逅耐歡還耐恥，詩才荊棘口如瘖。

　仲秋晚節齋拜。

　金氏名指南，號廣川。未學詩，故無唱和。予兩學士幷滄浪子酬酢之間，與寒松齋、雪月堂之兩書才，交接屢焉，廣川又伴于斯矣。夫廣川爲人也，寬柔而能容人，態度頗有君子之風。雖稍識字未能詩。惜哉，子固之有瘕疵矣！予爲之深嘆焉。

　《雨夜與晚節子話呈案下》滄浪居士稿。

　切切夜蛩傍石階，蕭蕭暗雨打鄉懷。簷松窗竹對君子，志操確然晚節齋。

壬戌菊秋初一。

○《奉走次洪公之韻》晚節齋拜。

燈花帶雨映空階，窓下寂寥奈客懷。一夜新知如舊識，淡兮交語洗心齋。

壬戌九月朔夜。

○《紀行三首書贈晚節齋乞和》月翁稿。

其一。

舟經滄海濱，飄落浪華津。轉作東關客，思歸萬里人。

其二。

萬里乘槎客，滄溟小似盃。三山何處是？鰲背彩雲開。

其三。

碧海深無極，長風吹不休。蘭舟何處泊？明月上關樓。

壬戌季秋上浣，書于燈下。

海月翁，書紀行之佳作三首賜僕，却被命塵清韻。雖卑陋固辭，不敢許之，卒瀆韻屋奉備矣粲。

賡其一。岩山 晚節齋稿。

遠離釜浦濱，來問武江津。君子水哉會，新情如故人。

賡其二。

詩情通異境，客意穆三盃。投我木瓜朵，看君笑口開。

賡其三。

萬里文章客，彩毫不少休。豈無琴酒友？歇憶國登樓。

季秋初六。

○《奉呈滄浪公榻下》晚節齋稿。

倭人言志在倭歌，歌什奈通漢語麼。强唱唐詩爲言志，不才愧是拙吟哦。

菊月初七。

○《次晚節子惠示韻》滄浪稿。

樽前且莫奏離歌，遠客其於別恨麼。怡悵臨岐無所贈，新詩聊復爲君哦。

壬戌菊秋。

○《贈岩山逸史板坂公》成翠虛稿。

昔聞林氏逞詩名，今見坂公振玉聲。何怪文華東奧曜？岩城元是錦官城。

○《奉和成老之示韻》坂晚節稿。

堪恥虛譽過令名，奈何瓦礫有金聲？韓人倘假文材手，修飾岩城爲管城。

菊月。

○《奉呈滄浪公唫壇》晚節齋稿。

勿謂關山隔好隣，從來兩國有交親。清談一面淡如水，共是東方君子人。

壬戌菊月。

○《次晚節齋惠示韻》滄浪稿。

遠隨星使到東隣，意氣能令一見親。還嗟未盡新知樂，明日分爲兩之人。

壬戌重陽。

○《奉呈安翁詞案》

使星傳命出雲外，萬里風輕茱鶿舟。<u>鴨綠</u>流通<u>東武</u>水，<u>雞林</u>月和海西秋。兩朝豈變隣盟固，千古何嫌歡好柔？江濶山高行路遠，暫停籃輿促吟遊。

壬戌重陽。

○《奉次晩節齋韻走筆錄呈》<u>朝鮮國</u> <u>愼齋</u>稿。

明朝征旆向西州，<u>大坂</u>城頭更上舟。楓葉欲紅沙浦晚，雁聲初過海門秋。風波險路今差熟，男子剛腸本不柔。漸覺橐中詩句滿，山河到處賦奇遊。

壬戌重陽后二日。

○《呈晚節齋留別》<u>愼齋</u>稿。

剪燭今宵話，滄浪萬里心。神交自不隔，他日夢相尋。

壬戌季秋。

○《奉次安老爺留別之芳韻》<u>晚節齋</u>稿。

偶值異鄉客，轉通故舊心。更嗟相識晏，萬里想幽尋。

季秋。

《再摘前韻乞高和安翁之雅壇》仝。

一會文林士，直吾荊棘心。兩邦何道隔？書信有追尋。

菊月。

○《再和》<u>愼齋</u>稿。

新話得球語，交談看蕙心。相逢相別處，握手約重尋。

壬戌菊秋。

○《奉送海月翁還朝鮮》岩山 晚節齋拜。

東遊何所好? 每到是詩場[71]。風月隨珠唾, 山川入繡腸。鄉心雲萬里, 歸夢淚千行。欲駭騷人睡, 愧吾吟不芳。

○《奉次晚節齋示韻》成翠虛稿。

幸遇蜻州客, 同遊翰墨場。初看花吐筆, 更訝錦爲腸。別恨愁千緒, 離情草十行。提携還故國, 永世揖清芳。

不佞入東都, 所接賢士大夫及士林, 不爲不多矣。觀器宇端重, 詞格清緊。吾於晚節公, 乃見之心, 自親愛, 不啻大貝奉金論。公未遠西歸, 近近情賹又備, 不勝感揖, 爲之多贈別語也。

壬戌季秋重陽。

○《次芝山瓊韻兼奉呈晚節公詞案》滄浪稿。

兩邦修舊好, 南北卽東天。自笑彫蟲技, 來隨泛海船。名都富人物, 勝地別山川。傾盖忘形處, 吟床喜得聯。

○《奉嗣洪公示韻》板晚節齋稿。

東華文物客, 來耀扶桑天。鄉思滿雲袂, 羈愁棹酒船。回頭皆異域, 出驛是長川。借問三山裏, 行唫有幾聯。

壬戌季秋。

○《疊芝山之韻同贈晚節公》翠虛稿。

每對羣經懷志士 居行有道本來通 馬窺旭日穿深樹 舟渡澄江落碧空 修好舊交全古禮 推恩新政鼓薰風 從此雲物資治理 雨露定知蘇悴躬

---

71 "場": 底本에는 "腸"으로 되어 있으나 문맥에 따라 "場"으로 고침.

○《奉送李公還雞林》岩山 晚節齋拜。

殘月送君東武西，回頭海外轉悽悽。別情欲語語無語，忍聞曉鐘與曉雞。

又。仝。

逢則欣欣別則悲，東來西去各隨時。驪駒歌闋馬蹄早，祖帳孤賽題所思。

壬戌菊月十日。

○《奉次玉韻留別晚節公》盤谷居士 李鵬溟稿。

別意悠悠不勝悲，一床文會更無時。雲海茫茫幾千里，兩邦明月幸相思。

又。仝。

人間一別隔東西，握手臨岐意轉悽。尊酒今朝話盡興，客行明日待晨雞。

壬戌菊秋上浣。

○《奉送洪滄浪還朝鮮》板晚節齋稿。

君去雞林我奧州，秋風分袂入離愁。夢耶非夢相看短，本誓寺中鐘一樓。

又。

意馬隨君萬里馳，鷄林雖遠更何悲？袖涼來又袖霜去，想像橙黃橘綠時。

壬戌季秋。

○《次晚節贈別韻》滄浪稿。

明日脂車戒載馳，天涯去住一相悲。欲知此別情無限，直待山平海濁時。

壬戌季秋。

○《奉呈成公馬前惜遠別》晚節齋稿。

豈識雞林文史郎? 滄波一葉海東航。連牀心淨千山月, 支枕夢寒萬里鄉。高會恨無通國語, 雅談定罔譯倭章。偶傾冠盖頻催別, 相憶他時奈斷腸?

壬戌菊秋十二。

○《奉呈滄浪居士馬前惜離別》清修館 節拜。

若華燿燿拂蒼海, 萬里傳光韓使舟。朝陟高山思故國, 晚臨遠水作清遊。客窓愁坐日如歲, 驛路詩情筆似丘。何處豈無來雁道? 爲期兩地帛書秋。

壬戌季秋十二日。

○《送清修館歸鄉》任處士。

武陵秋未出詩境, 韓客西歸君又東。文藻雖修兩邦好, 筆簪無伐一身功。酒斝相思呦呦鹿, 書寄馳情嗃嗃鴻。離席何辭十分醉? 涼吟數曲月明中。

壬戌秋日。

○《走次任處士離別玉韻》晚節齋拜。

騷人邂逅分秋色, 雙袖同情西與東。別緒消愁假酒力, 清談雖淡識茶功。明朝歸去岩城客, 他日相期武野鴻。握手燈花還濺淚, 重來再會約詩中。

壬戌季秋中浣。

《晚節子欲歸於岩城清修館告別處士任生餞之以一律余亦同其韻以
敍遠別之懷》鶴山艸。

匹馬明朝何處去? 岩城國在谷華東。先歡故里書無恙, 更嗟離筵酒
有功。偶棹孤舟追范蠡, 閑歌五噫問梁鴻。語看今夜西窓月, 他日清
修小館中。

壬戌菊月。

○《寄別晚節齋詞案》佐千夔

一逢誠款若多年　分袂何時離別筵　莫忘秋江東武月　關山風興約佳篇

○《次左千夔韻》清修館稿

騷人初話是忘年　勿訝不才接雅筵　君若逍遙東奧地　巖山同賦遠遊篇

壬戌菊月。

《用左千夔韻同一吟》任處士。

此秋奇遇是何年? 文字清酬韓客筵。雅趣遠傳千里外, 揮毫卽揭館
頭編。

○《再和任處士之韻》晚節齋稿。

文華盛發太平年, 騷客清光壓酒筵。今日雖分他日有, 勿忘離恨一
聯篇。

○《押任處士之韻礎寄別清修館逸士》伯介。

促膝秋堂風逸想, 談天進士語江東。盤城引夢盛名業, 韓客酬詩美
譽功。片片筆華題彩鳳, 行行文字列飛鴻。騷壇相對酌乘落, 一別忘
言一盞中。

○《次伯介之韻》清修館。

深情通處通千里，勿道江東隔奧東。新識相親文墨友，交心不捨小詩功。一宵殘話恨晨鳥，數片寄懷待塞鴻。別意揮毫歸去日，離魂自是托書中。

○《再和》任處士。

別後懷君雲日暮，盤城草舍在江東。心濃自識說兼樂，身退不居名與功。范蠡何從浮畫鷁，陳勝却喩似高鴻。經離史酌聖賢酒，振古未聞彼亦中。

○《重次任處士之韻》晚節齋稿。

清修小館在江左，岐路相分東復東。身伴詩人喜得句，名侵文史愧無功。一朝奇遇和浮蝂，兩地天涯望過鴻。欲題別情呻佔[72]畢，只摩淚眼石虛中。

○《再再和》任處士。

岩山秋冷清修館，雪護窓紗日出東。雙履王爲更何退？下帳董子不謀功。喜機先卜屋頭鵲，歸路漸干沙上鴻。却憶故園今夜月，待君獨立看閨中。

○《留別任處士左天虁兩公》晚節齋稿。

王詩送客憶迢遙，健筆卷瀾湧海潮。相値相分東武地，不知今夕又明朝。

壬戌菊月。

---

72 "佔"：底本에는 "咕"으로 되어 있으나 용례에 따라 "佔"으로 고침.

○《次韻晚節齋詞案》任處士。

書信莫言行路遙，武陽江上欲通潮。此詩恰若抓痒處，忙裏一吟偬
偬朝。

○《走次晚節齋高韻》佐千夔。

雖識鍾山雲上遙，雁賓易到碧波潮。相逢今夜分風袂，吟意興深朝
又朝。

○《寄別晚節齋》大高芝山艸。

重會論文知曷年？忍哦伐木付離筵。蒼雲千里隔層嶺，爲我踟躕留
一篇。

○《嗣芝山子送行韻》清修館。

一朝傾盖逐流年，別意未揮翰墨筵。祖酒暫停爲我賦，岩山萬里白
雲篇。

天和二年季秋十八日，岩山 清修館。

右以清修館之艸本，卒模寫之，頗有錯簡歟。武江 痴龍書。

天和三癸亥歲

正月吉旦

丁字屋

源兵衞 梓行

【영인】

東使紀事

太清ノ洪熙壬戌五月八日朝鮮ノ官使

發ニ漢陽ヲ一

日本天和二年八月廿一日到ニ于武陵ニ一

是ヲ爲スラシカ奉ル賀ヲ下

大君ノ之新ノ政上也、館伴小笠原信濃ノ守長ノ

勝内ノ藤左ノ京ノ亮義概餘蒙テ二

大ノ君ノ命ヲ迎ニ接ス韓人ヲ於ニ本誓ノ坊ニ矣官ノ使ノ臣ノ僚

文ノ武附ノ屬共ニ三百六十二員各有ニ官

有テ職不敢テ漫ニ階ノ級ヲ信ノ宿スニ二十余ノ日同ジク

九月十二日大旆向レ西歌レ驪去其際
林野坂木ノ之鴻儒老筆語唱和頌多
且難峰孚軒兩奇童不詩才辱祖宗
無韓人大捲舌不感七步
但坂公依徵恙惟一會木老兩度
于韓人又嘆柳順剛騒雅木氏門人
若荷溪春菴春貞介軒菊潭蘿菴皆
林門之英傑也文風殆歷韓國東都
墨客佐玄龍得朱帯之髓文采又兼
備焉豈金生郭頒之書枝耳韓客多

需寫字ヲ贈テ詩賦稱ス妙手ヲ想フ今ノ世艸野ノ

之兒童モ倣ヒ吾伊ニ有ルヲ林羅翁ノ之唾餘也

嗚呼固ニ羅翁書生或ハ落チ于曵白林學ノ

有ルヲ功于世ニ以ツ是ヲ可シ知馬佐氏ノ之書才モ

又復如シ斯而已東都ノ之人學ニ艸聖ヲ辨テ

楷書ヲ初テ識ルノ倭字之俗ニ非ズヤ出ツ於佐氏ノ掌ニ

握ヨリ耶與林學ノ之成功可キ並セ按スル者ハ夫唯

玄龍ぞ乎僕雖モ江左ノ之鰍生ト以テ遊ビ事館ニ

伴太守儕犯ス史官ノ之名ヲ古ノ之列國各〃

有リ史韓人何ノ尤メンヤ耶夫レ以ニ菲薄ノ之才ヲ得ル

接高明之莚下又僥倖之勝會也館ニ

伴之奇遇也非ス以テ爲ニ心ト矣凡韓人三ニ

百六十二員身通操觚者只四人所

謂學士成翠虛進士李鵬濱判事安

慎徽副使禪將洪来叔也可ト謂得ノ文ニ

材之難也矣但三官使ハ不ト關于斯ニ爲ス

爲ニ篤按甚矣炎奴之欺ク倭人也炎主

如今臣隷于太清而曰不ト隷ト之用太

清洪熈之号而曰厥國無ト号振リ古ヘ未タ

聞文物之國無ト号姑以テ東國通鑑ヲ論セニ

日本

己ヲ三韓或ハ隷シ于勃海或ハ隷シ于契丹或ハ

隷シ于女直或ハ隷シ于中國ニ不ル能ハ韓主自カラ

立ツ大卒所ロ東史之筆ニ也胡為ゾ今ニ不ル隷セ

于清ニ矣凡ソ中國ニ進貢スル之主皆受ケ中國ノ

之封冊ヲ用ユ中國ノ之号ヲ我

本自リ建ツ太寶以來歲序既ニ一千年官

階服色禮儀制度卓然トシテ自ラ立チ而無シ受クル

他邦ノ之号ヲ皆受ケ中國ノ之冊ヲ豈ニ

不ル用ヒ号ヲ耶脱ノ諱ハ隷スレハ于胡主ニ欺ムカクノ之元主

又胡族ノ也古ノ之燹主何ンゾ進貢スルヤ于元朝ニ

乎雖欺倭賤奴自欺也稱禮義之邦

謂君子之國而手厨籌足文史或箕

踞涉筆或側卧讀書禮義之君子何

入他邦妨斯夫怠慢哉僕聞中國之

士以使于他邦為光榮所以國信録

之編集也使于他邦之嘆可得而聞焉近

陳留謝氏有謂夷狄諸國莫禮義拆

朝鮮宜哉此言夷狄而稍有礼義朝

鮮也矣所謂與君子之礼義非同日

之論矣蓋知文字者亦不多其稱文

物ノ之邦トシテ者ノ果ツ何ノ事ゾヤ耶李氏、姑ラク舍クノ之ヲ吾レキ

成安洪ノ之三ノ氏ノ可シ謂ッ沙中ノ之金玉也ト

然レ尚ホ殊々免ル有リ胡臭澆ノ之使ニ于他ノ邦ノ者ノ

能ノ思ヲ之ヲ

三使

上々官

學士^并上判事姓氏職号

○正使

通政大夫吏曹參議知製教尹_ジ趾_チ完_ス号_二

東山_ル四十八九歳

○副使

通訓大夫弘文館典翰知製教兼經延

侍講官春秋館編修官李彦綱号_二鷺

湖_ル三十八九歳

○從事

通訓大夫弘文館校理知製敎兼經筵

侍講官春秋館記注官朴慶後号竹

菴可四十歳級第四度無一度之落

第云

○上官三員 通倭語

同知 朴再興 号仲秀

僉知 卞承業

僉知 洪禹載

○學士

製述官成均館進士成琬字伯圭号海
月軒又号翠虚又号大觀齋又号月
翁非白圭字用伯字四十四歳昌山人

○上判事

前主簿　安慎徽　号督齋又号藏六
軒

前直長　鄭文秀

前正　劉以寬　唐判事

○上官世九人　内文才并技藝之輩

成均館進士李聃齡字耳老号鵬溟又

号二漢洲居士一ト又ヒ䫻酔翁一ト又号ス盤谷一ト

僉正　洪来叔　字ハ世泰　号ス滄浪居士一ト

副使ノ禪将八人之内以レ有ヲ詩才雖レ武

官列ッ于文會二

○寫字二人

李華立　號二寒松齋一ト又号ニ桃源一ト漢陽ノ人

李三錫　号ス雪月堂一ト

○醫四人

内醫院正　鄭斗俊　一名子昂又号二東

里散人一ト

李秀蕃　針白興齡　外周伯

右禪將之內
○畫一人

咸㧾健　号東巖　上官卅九人也

內

○馬上才

李時馨　吳順伯　邢時廷比　但吳禪將

從事禪將八人之內

邢禪將　両士於

御前畫馬曲ヲ

○典樂

金一蔓一述　尹一万一碩

○同上

○理馬

朴一戒一漢

○引手達者

同上　皆中官也.

車一義一韓

正一使裨一將八人之内

雖尼不レ爲二寫一字ノ之職粗能元書ヲ之輩四

人所謂ル

司譯院判官　金指南　號ス廣川唐判

事也兄弟來朝ス為ス上官卅九人之內

副使ノ禪將　尹就之　号ス竹堂

從事ノ小童　朴成益　号ニ竹軒十七歳

副使ノ小童　裴鳳章　号ス子華又号ニ竹

林卜十二歳

右採下稱達ニ小技之士ヲ表ニ章ス姓名ヲ餘ハ皆

碌ヶ蓄客也不及ニ作扱舉ス焉

上官卅九人　内次官七人上官也但禪將廿四人モ

中官百卅九人　內小童十六人

下官百六拾二人

　合反三百六十二人　寓二于本誓精舍一

　但十二人不レ足二于職一街可レ考

兩東唱和

巖城山人 清修館

八月廿二日先投帖子于作朝鮮國

學士成琬之旅館

帖子用朝鮮書式

姓板坂名爲篤字子恭號

晚節齋　館伴岩城

太守之史官也　拜

朝鮮ノ風倍通二別号ヲ不レ稱レ名ヲ

清修館ヲ艸堂ノ扁榜レ也

翼廿三日憑テ小山朝三ニ呈ス刺ヲ於成學

士上

朝鮮三官使ノ館伴日本奥羽磐城ノ

城主内藤左京ノ亮義概ノ史臣板坂

為篤端肅ノ奉リ呈ス詩ヲ作

製述官成均館ノ進士成公榻下想フ夫レ

蒼波萬重鰲波無恙ク錦帆千里蜻々

問フ津ヲ我主承ハテ下

大君ノ之鈞命ヲ館ニ待ス　貴客ヲ於本誓ノ精舍ニ

慙ヲ解ラ華履ノ慰スルニ數日ノ之旅懷ヲ　一介ノ書

生我主ノ之遇ヘ也遠ク聞ニ清道ノ之東ニ爲ニ日ヲ

久ニ矣今ニ近ク侍ノ館下直以テ投ズ刺ヲ何ゾ勞ス

介者仰キ冀聊カ陪ス几ノ杖ニ馴ニ咳唾ノ之音然ル

則チ不嫌ハ僕ガ甲陋有ニ怒懇ノ之諭幸甚是レ

亦我主ノ之心也非ス敢テ私言之因テ奉ニ坐ニ

詩一章ヲ以テ代ノ譯古伏テ乞フ郢ノ正

漢使堂ニ渺ル海潮ヲ郷心一片接ル天ニ遙カノ

隣儔好何ノ遜有ニ二國ノ秋ノ風千里ノ橈ヲ

○　　　壬戌仲秋廿三日　板晩節齋稿拜

○走ノ次ニ

板坂公ノ示韻ヲ　　　　　　　翠虚稿

大ニ驅風正駕スレバ鰌潮ニ偹ル人莫レ道フ武江遙トシテ西ト

河拭テ玉ヲ今猶古リ專ラ對ニ殊方ニ覊駐シ燒ヲ

壬戌仲秋

〇奉レ呈ル

海月老爺ノ　　　案下　　　板晩節齋拜

喜看ル文星ノ出始メ林ヲ騷人爭ヒ迎テ仰ク光臨ヲ容ニ

窓一夜剪レ燈シテ話レ萬里ノ山雲海月ノ心

壬戌八月廿五日

〇次ニ謝ス

晚節齋ノ韻ヲ

琪花璀璨ニ詞林ヲ擁シ
滿座ノ鴻儒儼トシテ臨海

外ノ新交公勿レ訝ルコト晁卿曾テ結ブ
諷仙ノ心

歳壬秋仲

月翁走卒

○虞下チ

李公昨ニ呈ス鶴山
玉韻ヲ奉ニ

洪滄浪ノ
案下

新交一夜欲スル分タント荊文ノ意
相通ス兩國ノ情不リキ

板坂氏拜

料樗才陪シ几杖ニ客窓灯下
捧ケ金龀ヲ

壬戌仲秋

○奉次

板坂晩節齋ノ韻ヲ　　　滄浪稿

胸中頓ニ覺ユ豁蘭荊ノ避近新ノ知宛モ舊情ノ眤キ

劔燈前ニ照ラス肝膽ノ交歡何ソ必シモ醉ヒテ飛觥

○奉呈ス

壬戌仲秋

李君ノ　榻下ニ　晩節齋拜

接伴ノ漢人ニ強ナ道ヲ詩ヲ　詩才太タ拙ク不通思ヲ兩ノ

那同ク宇ヲ異ニ言語只恨ス清談ノ無ク解ケテ顋ヲ

仲秋

晩節齋之韻　　　　　　　盤谷居士稿

東行萬里只裁詩遠客未歸費夢思偶
向秋風聞旅雁瞻望天外獨攴顧

壬戌仲秋

○呈　　業下

金判官

從来夢不見難林不意面前聆信音避
迢耐歡還耐耻詩才荊棘口如瘡

仲秋　　　　　晩節齋拝

金氏名ハ指南号ス廣川ト未タ學ヒ詩ヲ故ニ無シ唱

和ヲ予兩學士并ニ滄浪子酬酢ノ之間タ興

寒松齋雪月堂ノ之兩書才交接スルニ屬ス焉下

廣川又伴ち于斯ニ矣夫レ廣川ヵ為シヤ人ト也寛ー

柔ニして能ク容ル人ヲ態度頗ル有ニ君子ノ之風雖ニ

稍識リレ字ヲ未能せレ詩ヲ惜哉子固ヵ已有ニ疵病ニ

矣予為メニ之ヲ深ヵ嘆ズ焉

　　雨夜興

晩節子話テ呈ニ案下ニ

切ニして夜蛩傷ニ石階ニ蕭として暗雨打ス鄕懷ノ簷

　　　　　　滄浪居士稿

松窻竹對二君子志操一確然晚節齋

壬戌菊秋初一

　　　　　　　　　　　　晚節齋拜

○來二走一次キ二

洪公之韻一

燈花帶レ雨映二空階一窻下寂寥奈二客懷一一

夜新知如二舊識一淡兮交語洗二心齋一

壬戌九月朔夜

○紀行三首書ヲ贈テ

晚節齋乞レ和ヲ

其一

　　　　　　　　　　　　月翁稿

舟經滄海濱飄落浪華津轉作東關客

思歸萬里人

其二

萬里乘槎客滄溟小似盃三山何處是

鰲背彩雲開

其三

碧海深無極長風吹不休蘭舟何處泊

明月上關樓

壬戌季妹上浣書二而燈下

海月翁書紀行之佳作三首賜僕郤被

命セレ塵清韻ヲ雖甲陋固ク辭スト不二敢テ許二之ヲ卒二

虜韻屋ヲ奉レ備ヘ笑繁二 岩山晩節齋稿

虜其ノ一

遠ク離レテ釜浦濱ヲ来テ問フ武江ノ津ヲ君子水哉ノ會ヲ

新情如レ故人ノ

虜其ノ二

詩情通ズ異境容意穆二三盃ヲ投レ我ニ木瓜ノ柔ノ

肴ルレ君ガ笑ヒロノ開ク

虜其ノ三

萬里文章ノ容彩毫不二少ヵ休豈無シレ琴酒ノ交ノ

歌憶國登樓

季姝初六

○　奉呈

滄浪公榻下

倭人言志在倭歌　　什奈通漢語廳強

唱唐詩為言志不才愧是拙吟哦　晚節齋稿

菊月初七

○　次

晚節子惠示韻

樽前且莫奏離歌遠客其作別恨麼怡

滄浪稿

悵臨岐無所贈 新詩聊復爲君哦

○
　贈
壬戌菊秋

岩山逸史板坂公

昔聞林氏逞詩名 今見坂公振玉聲何

怪文華東奥曜 岩城元是錦官城

○奉和　成翠虛稿

成老之示韻 坂晚節稿

堪耻虛譽過令名 奈何尾礫有金聲韓

人倘假文材手修飾 岩城爲管城

菊月

○奉呈ス

滄浪公　唫壇ニ　　　　　晩節坐稿

勿レ謂フ關山隔テ好隣ヲ從來兩國有リ交親ヲ清

談ジ一面淡キ如シ水ノ共ニ是レ東方君子ノ人

壬戌菊月

○次ス

晩節齋　惠示ノ韻ヲ　　　滄浪稿

遠ク隨ヒ星使ニ到ル東隣ニ意氣能ク令ム一見シテ親シマ還テ

嗟未ダ盡サ新知ノ樂ヲ明日分ルレバ爲ニ兩地ノ人ト

壬戌重陽

○奉呈

安翁ノ詞案ニ

使星傳命出雲外、万里風輕彩鷁舟

緑流通東武水雞林月、和海西秋兩朝

宣變隣盟固千古、何嫌歡好柔江潤山

高行路遠蹔停藍輿促吟遊

壬戌重陽

○奉次

晩節齋韻走筆錄呈

朝鮮國

脊齋稿

明朝征旆向西州　大坂城頭更上舟　楓
葉欲紅沙浦晚　雁聲初過海門秋　風波
險路今差熟　男子剛腸本不柔　漸覺橐
中詩句滿　山河到處賦奇遊

壬戌重陽后二日

○呈

晚節齋留別

剪燭今宵話滄波　万里心神交自不隔

他日夢相尋

督齋稿

壬戌季秌

○奉ル次キ

安老爺留別之芳韻ヲ　　　晩節齋稿

偶ヽ値ヒ異郷ノ客　轉通ス故舊ノ心　更ニ嗟ク相識晏ク

万里想フ幽尋ヲ

季烆

再ビ摘ンデ前韻ヲ乞フ高和ヲ

安翁之雅壇ニ　　　　　　全

一タビ會ノ文林ノ士　直ニ吾ガ荊棘ノ心ヲ　兩邦何ノ道ニシ隔ツト

書信有リ追尋ニ　　　菊月

○再和　　　　　　　　　督齋稿

新話得球語ヲ交談シ覺蕙心ヲ相逢相別ハ處
握手ヲ約ス重尋ヲ

○　　　　　壬戌菊秋

○海月翁還ヲ送ル

朝鮮　　　　　　　岩山晚節齋拜

東遊何ノ所ゾ妍毎ニ到ル是詩腸風月隨フ球唾

山川入繡腸鄉心雲萬里歸夢渡千行

欲ス駆騷人ノ睡ヲ愧ッ吾ヵ吟ノ不ニ芳ラ

○奉次韻

晚節齋示韻

幸遇蜻岶宕同遊翰墨場初看花吐筆

更詠錦為腸別恨愁千緒離情草十行

提攜還故國永世揖清芳

成翠虛稿

不佞入東都所接賢士大夫及士林

不為不多笑觀器宇ノ端重詞格ノ清緊

吾作晚節公乃見之心自ニ親愛ス不

嘗大貝拳金論公未遠西歸近々情

贐又備不勝感戟為已多贈別語也

壬戌季秋重陽

○次テ二

芝山ノ瓊韻ヲ兼テ挈ル呈ス

晩節ノ公　詞案ニ

兩邦修ム舊好ヲ南北即チ同一天　自ラ笑フ彫蟲ノ技二

來テ隨フ泛海ノ船　名都富人物勝地別ル山川二

傾盞忘シ形慶吟床喜ヲ得聯

滄浪稿

○奉尋ギ二

洪公ノ　示韻ヲ

東華文物客来テ耀ク博桑ノ天郷思満ヶ雲袂二

板晩節齋稿

羈愁櫂酒船　回頭皆異域　出驛是長川

借問三山裏　行唫有幾聯

壬戌季秋

○墨

芭山之韻同贐

晩節公

每對羣經懷志士　君行有道本来通馬

窺旭日穿深樹舟渡澄江落碧空修好

舊交全古禮推恩新政鼓薫風從此雲

物資治理雨露定知藕悴躬

翠虛稿

○奉ル送リニ

李公ノ還ル雞ノ林ニ

岩山

晚節齋拜

殘月送君東武ノ西ニ回頭シテ海外ニ轉リ悽々トシテ別ル

情欲シテ語ラント無語忍ンデ聞ク曉鐘與曉雞

又

全

逢則欣々別則悲シ東ヨリ來西ニ去各々時ニ隨ヒ驤ル

駒歌關馬蹄早祖帳孤裏ニ題ス所思ヲ

壬戌菊月十日

○奉テ次キ玉韻ヲ留ニ別ス

盤谷居士

李鵬溟稿

晚節公ニ

別意悠〻トシテ不レ勝二悲三
海茫〻トシテ幾千里両邦ノ明月幸相思三

又

人間一別隔二東西一握二手ヲ臨レ岐ニ意轉悽レ
酒今朝話盡レ興ヲ容行明日待二晨一難二

　　　壬戌菊秋上浣　　　　仝

○燊送

洪滄浪還二朝鮮一
君去難二林我奥列一秋風引レ袂ヲ入二離愁一夢
耶非レ夢相看短本誓寺ノ中鐘一樓

　　　板晩節齋稿

又

意馬隨レ君二萬里二馳ハ難レ林雛ヒ遠更ニ何ゾ悲シ袖ニ

凉來テ又袖レ霜ヲ去ル想ヒ像ス橙黄橘緑ノ時

壬戌季姝

○次二

晚節贈別ノ韻ヲ

明日脂サ車戒載馳ヲ天涯ノ去住一ツニ相悲シ欲ハ

知ラント此ノ別情ノ無レ限直ニ待テ山平海濁ノ時

壬戌季秋　　　　滄浪稿

州宇巳　和草紛失乎カ

○奉レ呈テ

成公ノ馬前ニ惜ム二遠別ヲ一

晩節齋稿

豈識ラン雞林ノ文史即チ滄波

恨ミ無レ通二國語ヲ一雅談定テ固ク譯シ

蓋ヲ頻リニ催ス二別相ヲ一憶フ他時奈ンゾ二斷ツルニ腸ヲ一

一葦海東ニ航スルニ連ナリ

一葦海東ニ航スルニ連ナリ

心淨クシテ千山ノ月友レテ枕ニ夢メ寒シ萬里ノ郷高會

麻レ心淨クシテ千山ノ月友レテ枕ニ夢メ寒シ萬里ノ郷高會

倭章ヲ偶〻傾ケ二冠ヲ一

壬戌菊秋十二

○奉レ呈ス

滄浪居士ノ馬前ニ惜ミ二離別ヲ一

清修館節拜

若華耀クヤ拂二蒼海ヲ一萬里傳フ光ヲ韓使ノ舟朝ニ

陟ㇵ高ㇰ山ニ思ㇶ故ㇴ國ヲ晩ㇶ臨ㇶ遠ㇰ水ヲ作ㇲ清ㇰ遊ヲ客ㇰ窓

愁ㇰ坐ㇱ日ㇰ如ㇰ歳ㇴ驛ㇰ踏ㇴ詩ㇰ情筆似ㇸタリ丘何ㇴ處ㇰ豈

無ニ來ㇰ雁ㇴ道ㇰ爲ㇱ期ㇳ雨ㇰ地帛書ㇴ秋

壬戌季姝十二日

○送ル二

清ㇰ修ㇰ館ニ歸ㇵ鄕ㇶ　任處士

武ㇰ陵秋ㇰ味ㇵ出ㇳ詩ㇰ境ヲ韓ㇰ客西ニ歸ㇴ君又東ニ文ㇴ

藻ㇰ雕ㇰ修ㇶ兩ㇴ邦好ㇱ筆ㇰ舌無ニ伐ニ一身ㇴ功ニ酒斟ㇺ

相ㇰ思ㇵ喞ㇱㇱㇰ鹿書寄ニ馳ㇵ鴻離ㇰ席何ッ

醉ㇴ十ㇰ分ㇴ醉凉ㇰ吟數ㇰ曲月ㇰ明ㇴ中

壬戌秋日

○走次

任處士離別五韻

騷人避近分秋邑雙袖同情西與東別　晚節齋拜

緒消愁假酒力清談雖淡識茶功明朝

歸去岩城客他日相期武野鴻握手燈

花還減渡重來再會約詩中

壬戌季秋中浣

晚節子欲歸扵岩城清修館告別扵處

士任生餞之以一律余亦同其韻以

叙ブ遠別ノ之懷ヲ

　　　　　　　　　鶴山卅

匹馬明朝何ノ處カ去ル岩城ノ國在リ若華ノ東ニ先ツ
歡ブ故里書無シ更ニ嗟ク離筵酒有リ功偶ノ棹ニ
孤舟追范蠡閑ニ歌テ五噫ヲ問フ梁鴻ヲ語リ看ル今
夜西窓ノ月他日　清修小館ノ中

○寄別ヲ

壬戌菊月

晩節ノ齋　詞案

一逢誠ニ歎若シ多年ノ分袂何ノ時ゾ離別ノ筵。莫

　　　　　　　佐千蔭

忘秋江東武ノ月関山ノ風興約スニ佳篇ヲ

○次グ

佐千蘷ノ韻ニ

騒人初テ話ル是忘年勿シレ詠ルコト不才接スニ雅筵ニ

若道ニ遙カニ東奥ノ地巌山同ジ賦遠遊ノ篇

清修館稿

君

壬戌菊月

用テニ佐千蘷ノ韻ヲ同ジク一吟

任處士

此ノ妍奇遇是何ノ年ゾ文字清酬ス韓客ノ筵ニ雅

趣遠ク傳フ千里ノ外揮テ毫ヲ即チ揭グ館頭ノ篇ニ

○再ビ和スニ

任慶士ノ之ノ韻ヲ

晚節齋稿

文華盛發太平ノ年騷客清光壓酒莚今
日雖分他日有ル忽忘離恨一聯篇

○押テ任慶士ノ之ノ韻ヲ礎寄別ヲ

伯介

清修館ノ逸士ニ

促膝秋堂風逸想談天進士語江東盤
城引夢盛名業韓客酬詩美譽功片々云
筆華題彩鳳行々文字列飛鴻騷壇相
對酌帝落一別總言一盞中

○次々ニ

伯介之韻ヲ

清修館

深情通處通千里ニ勿道江東隔奥東ヲ新

識相親文墨友交心不捨小詩功一宵

殘話恨晨烏數片寄懷待塞鴻別意揮テ

篝歸去日離魂自是托書中ニ

任處士

○再和

別後懷君雲日暮盤城草舍在江東心口

濃自識説兼樂身退不居名與功范蠡

何從浮畫鷁陳勝却喩似高鴻經離史

酌聖賢酒振古未聞彼亦中

○重テ次ク

任處士之韻ヲ

晩節齋稿

清修ノ小館在リ江左ニ
岐路相分レ東復タ東シ
伴フ詩人喜ジ得タリ句名ノ
侵文史ヲ愧ツ無キヲ功一朝ノ
奇遇和シ浮蟻両地天涯ニ望ミ
情ヲ呻咕畢只摩渡眼石虛中

○再ヾ和

任處士

岩山秋冷ニ清修ノ館
履ノ王爲シ更何ノ退下帳董子ノ雪護ス窓紗ヲ日ハ出ツ東ニ雙
先ツトス屋頭ノ鵲歸路漸干沙上ノ鴻却テ憶フ故ニ

圍今夜ノ月待ツ君ガ独立シテ看閨中
○留ニ別ス

任處士　兩公
佐千菴

玉詩送レ容憶ニ超遥ヲ
値相分ルヽ東武ノ地不レ知ヲ今ー夕又明ー朝

晩節齋稿

壬戌菊月
○次ク韻ヲ

晩節齋ノ詞案
書信甚言行路遥トシテ武陽江上欲レ通セント潮ヲ此ノ

任處士

詩恰モ忍レ抓クヲ痒キ處ヲ忙ー裡一吟傯ーミスル朝

○走ツク次ニ

晩ー節齋ノ高韻ヲ

雖レ識ル鍾ー山雲ー上ノ遙ナリ雁ー賓易ク到リ碧ー波ノ潮相ヒ

逢ーフ今ー夜分ツ風ー袂ヲ吟ー意興ー深シ朝ー又ー朝

佐千藝

○寄スル別ヲ

晩ー節齋ニ

重ー會論レ文ヲ知ル昌ー年ノ忍デ哦ニ伐ー木ヲ付ニ離ー筵蒼ー

雲千ー里隔ツ層ー嶺爲レ我ガ跡ー躊留ム一ー篇ヲ

大高芝山艸

○尋ク二

芝山子送行ノ韻ヲ

　　　　　　　　　　　　　　　　　清修館

一朝傾蓋ヲ逐流年ニ別意ヲ

　盖ハ　流ヲ　年ニ　未ダ揮ハ翰墨ノ筵ニ祖

酒甕偫ヘタリ為レ我ガ賦岩山万里白雲ノ篇

　儔ヘタリ　我ニ　岩山　白雲ノ

天和二年季秋十八日　　　　岩山清修館

右以清修館ノ之州本ヲ卒ニ模ニ寫ス之ヲ頗ル

有ニ錯簡一歟

　　　　　　　　　　　　　　　武江痴龍書

天和三癸亥歲

正月吉旦

丁子屋

源兵衛 行梓

조선후기 통신사 필담창화집
번역총서를 간행하면서

　20세기 초까지 한자(漢字)는 동아시아 사회의 공동문자였다. 국경의
벽이 높아서 사신 외에는 국제적인 교류가 불가능했지만, 문자를 통
한 교류는 활발했다. 중국에서 간행된 한문 전적이 이천년 동안 계속
한국과 일본을 비롯한 주변 나라에 전파되었으며, 사신의 수행원들은
상대방 나라의 말을 못해도 상대방 문인들에게 한시(漢詩)를 창화(唱
和)하여 감정을 전달하거나 필담(筆談)을 하며 의사를 소통했다.

　동아시아 삼국이 얽혀 싸웠던 임진왜란이 7년 만에 끝난 뒤, 조선에
군대를 파견하였던 중국과 일본은 각기 왕조와 정권이 바뀌었다. 중
국에는 이민족인 청나라가 건국되고 일본에는 도쿠가와 막부가 세워
졌다. 조선과 일본은 강화회담이 결실을 맺어 포로도 쇄환하고 장군
이 계승할 때마다 통신사를 파견하여 외교를 회복했지만, 청나라와
에도 막부는 끝내 외교를 회복하지 못하고 단절상태가 계속되었다.
일본은 조선을 통해서 대륙문화를 받아들일 수밖에 없었고, 그 방법
중 하나가 바로 통신사를 초청 때에 시인, 화가, 의원 등의 각 분야
전문가를 초청하는 것이었다.

오백 명 규모의 문화사절단 통신사

연암 박지원은 천재시인 이언진(李彦瑱, 1740~1766)이 11차 통신사 수행원으로 일본에 다녀온 지 2년 만에 세상을 뜨자, 이를 애석히 여겨 「우상전」을 지었다. 그 첫머리에 일본이 조선에 다양한 전문가들로 구성된 문화사절단을 파견해 달라고 요청한 사연이 실려 있다.

일본의 관백(關白)이 새로 정권을 잡자, 그는 저축을 늘리고 건물을 수리했으며, 선박을 손질하고 속국의 여러 섬들을 깎아서 자기 소유로 만들었다. 그 밖에도 기재(奇才)·검객(劍客)·궤기(詭技)·음교(淫巧)·서화(書畵)·문학 같은 여러 분야의 인물들을 서울로 모아들여 훈련시키고 계획을 갖추었다. 그런 지 몇 달 뒤에야 우리나라에 사신을 파견해 달라고 요청하였는데, 마치 상국(上國)의 조명(詔命)을 기다리는 것처럼 공손하였다.

그러자 우리 조정에서는 문신 가운데 3품 이하를 골라 뽑아서 삼사(三使)를 갖추어 보냈다. 이들을 수행하는 사람들도 모두 말 잘하고 많이 아는 자들이었다. 천문·지리·산수·점술·의술·관상·무력으로부터 퉁소 잘 부는 사람, 술 잘 마시는 사람, 장기나 바둑 잘 두는 사람, 말을 잘 타거나 활을 잘 쏘는 사람에 이르기까지, 한 가지 기술로 나라 안에서 이름난 사람들은 모두 함께 따라가게 되었다. 그런데 이들 가운데서도 문장과 서화를 가장 중요하게 여기지 않을 수가 없었다. 왜냐하면 그들은 조선 사람의 작품 가운데 한 글자만 얻어도 양식을 싸지 않고 천리 길을 갈 수 있기 때문이었다.

도쿠가와 이에하루(德川家治)가 쇼군을 계승하자 일본 각 분야의 대표적인 인물들을 에도로 불러들여 조선 사절단 맞을 준비를 시킨 뒤,

"마치 상국의 조서를 기다리는 것처럼 공손하게" 조선에 통신사를 요청하였다. 중국과 공식적인 외교가 단절되었으므로, 대륙문화를 받아들이기 위해 조선을 상국같이 모신 것이다. 사무라이 국가 일본에는 과거제도가 없기 때문에 한문학을 직업삼아 평생 파고든 지식인들이 적어서, 일본인들은 조선 문인의 문장과 서화를 보물같이 여겼다.

조선에서도 국위를 선양하기 위해 여러 분야의 문화 전문가들을 선발하여 파견했는데, 『계림창화집(鷄林唱和集)』이 출판된 8차 통신사(1711년) 때에는 500명을 파견했다. 당시 쓰시마에서 에도까지 왕복하는 동안 일본인들이 숙소마다 찾아와 필담을 나누거나 한시를 주고받았는데, 필담집이나 창화집은 곧바로 출판되어 널리 읽혔다. 필담창화에 참여한 일본 지식인은 대륙의 새로운 지식을 얻었을 뿐만 아니라, 일본 사회에서 전문가로서의 위상도 획득하였다.

8차 통신사 때에 출판된 필담 창화집은 현재 9종이 확인되었으며, 필담 창화에 참여한 일본 문인은 250여 명이나 된다. 이는 7차까지 출판된 필담 창화집을 모두 합한 것보다 훨씬 많은 수인데, 통신사 파견이 100년 가까이 되자 일본에서도 한문학 지식인 계층이 두터워졌음을 알 수 있다. 8차 통신사에 참여한 일행 가운데 2명은 기행문을 남겼는데, 부사 임수간(任守幹)이 기록한 『동사록(東槎錄)』이나 역관 김현문(金顯門)이 기록한 또 하나의 『동사록』이 조선에 돌아와 남에게 보여주기 위해 일방적으로 쓴 글이라면, 필담 창화집은 일본에서 조선과 일본의 지식인들이 마주앉아 함께 기록한 글이다. 그러기에 타인의 눈을 통해 자신의 모습을 객관적으로 볼 수 있다.

16권 16책의 방대한 분량으로 다양한 주제를 정리한 『계림창화집』

에도막부 초기의 일본 지식인은 주로 승려였기에, 당연히 승려들이 통신사를 접대하고, 필담에 참여하였다. 그 다음으로 유자(儒者)들이 있었는데, 로널드 토비는 이들을 조선의 유학자와 비교해 "일본의 유학자는 국가에 이용가치를 인정받은 일종의 전문 지식인에 지나지 않았다"고 규정하였다. 그 가운데 상당수는 의원이었으므로 흔히 유의(儒醫)라고 하는데, 한문으로 된 의서를 읽다보니 유학에도 관심을 가지게 된 것이다. 이노 작스이(稻生若水)가 물고기 한 마리를 가지고 제술관 이현과 서기 홍순연 일행을 찾아가서 필담을 나눈 기록이 『계림창화집』 권5에 실려 있다.

> 이 현 : 이 물고기는 우리나라의 송어입니다. 조령의 동남 지방에 많이 있어, 아주 귀하지는 않습니다.
> 홍순연 : 이 물고기는 우리나라의 농어와 매우 닮았습니다. 귀국에도 농어가 있는지 모르겠지만, 이것과 같지 않습니까? 농어가 아니라면 내가 아는 물고기가 아닙니다.
> 남성중 : 이 물고기는 우리나라 송어입니다. 연어와 성질이 같으나 몸집이 작으며, 우리나라 동해에서 납니다. 7-8월 사이에 바다에서 떼를 지어 강으로 올라가는데, 몸이 바위에 갈려 비늘이 다 떨어져 나가 죽기까지 하니 그 성질을 모르겠습니다.

그는 일본산 물고기의 습성을 자세히 설명하고 조선에도 있는지 물었지만, 조선 문인들은 이 방면의 전문가들이 아니어서 이름 정도나 추정했을 뿐이다. 홍순연은 농어라고 엉뚱하게 대답하기까지 하였다. 조선 문인이라면 모든 것을 알 수 있을 것이라고 기대했기에 생긴 결과인데, 아직 의학필담으로 분화되기 이전의 형태다. 이 필담 말미에 이노 작스이는 이런 기록을 덧붙여 마무리했다.

> 『동의보감』을 살펴보니 "송어는 성질이 태평하고 맛이 달며 독이 없다. 맛이 진기하고 살지다. 색은 붉으면서 선명하다. 소나무 마디 같아서 이름이 송어이다. 동북쪽 바다에서 난다"고 하였다. 지금 남성중의 대답에『동의보감』의 설명을 참고하니, '鮏'은 송어와 같은 것이다. 그러나 '송어'라는 이름은 조선의 방언이지, 중화에서 부르는 이름이 아니다. 『팔민통지(八閩通志)』『(줄임)『해징현지(海澄縣志)』등의 책에 모두 송어가 실려 있으나, 모습이 이것과 매우 다르다. 다른 종류인데, 이름이 같을 뿐이다.

기록에서 보듯, 이노 작스이는 다수의 의견에 따라 이 물고기를 '송어'라고 추정한 후, 비교적 자세한 남성중의 대답과『동의보감』의 기록을 비교하여 '송어'로 결론 내렸다. 그런 뒤에 조선의 '송어'가 중국의 송어와 같은 것인지 확인하기 위해 중국의 여러 지방지를 조사한 후, '송어'는 정확한 명칭이 아니라 그저 조선의 방언인 것으로 결론지었다. 양의(良醫) 기두문(奇斗文)에게는 약초를 가지고 가서 필담을 시도하였다.

> 稻生若水 : 이 나뭇잎은 세 개의 뾰족한 끝이 있고 겨울에 시들지 않으며, 봄에 가느다란 꽃이 핍니다. 열매의 크기는 대두만하고, 모여서 둥글게 공처럼 되며, 생길 때는 파랗고, 익으면 자흑색이 됩니다. 나무

에 진액이 있어 엉기면 향이 나고, 색이 붉습니다. 이름은 선인장 나무
입니다. (줄임)

　기두문 : 이것이 진짜 백부자(白附子)입니다.

　제술관이나 서기들이 경험에 의존해 대답한 것과 달리, 기두문은
의원이었으므로 자신의 지식을 바탕으로 확실하게 대답하였다. 구지
현박사의 연구에 의하면 이노 작스이는 『서물류찬(庶物類纂)』이라는
박물지를 편찬하기 위해 방대한 자료를 수집·고증하고 있었는데, 문
화 선진국 조선의 문인에게 서문을 부탁하여, 제술관 이현이 써 주었
다. 1,054권이나 되는 일본 최대의 백과사전에 조선 문인이 서문을 써
주어 권위를 얻게 된 것이다.

출판사 주인이 상업적인 출판을 위해 직접 필담에 참여하다

　초기의 필담 창화집은 일본의 시인, 유학자, 의원 등 전문 지식인이
번주(藩主)의 명령이나 자신의 정보욕, 명예욕에 따라 필담에 나선 결
과물이지만, 『계림창화집』 16권 16책은 출판사 주인이 직접 전국 각
지역에서 발생한 필담 창화 원고들을 수집하여 출판한 것이다. 따라
서 필담 창화 인원도 수십 명에 이르며, 많은 자본을 들여서 출판하였
다. 막부(幕府)의 어용 서적을 공급하던 게이분칸(奎文館) 주인 세오겐
베이(瀬尾源兵衛, 1691~1728)가 21세 청년의 몸으로 교토지역 필담에
참여해 『계림창화집』 권6을 편집하고, 다른 지역의 필담 창화 원고까
지 모두 수집해 16권 16책을 출판했을 뿐 아니라, 여기에 빠진 원고들

까지 수집해『칠가창화집(七家唱和集)』10권 10책을 출판하였다.

『칠가창화집』은『계림창화속집』이라고도 불렸는데, 7차 사행 때의 최대 필담 창화집인『화한창수집(和韓唱酬集)』4권 7책의 갑절 규모에 해당한다. 규모가 이러하니 자본 또한 막대하게 소요되어, 고쇼모노도 코로(御書物所)인 이즈모지 이즈미노죠(出雲寺 和泉掾) 쇼하쿠도(松栢堂) 와 공동 투자하여 출판하였다. 게이분칸(奎文館)에서는 9차 사행 때에 도『상한창화훈지집(桑韓唱和塤篪集)』11권 11책을 출판하여, 세오겐베이(瀨尾源兵衛)는 29세에 이미 대표적인 출판업자로 자리매김하게 되었다. 그러나 안타깝게도 38세에 세상을 떠나, 더 이상의 거질 필담 창화집은 간행되지 못했다.

필담창화집 178책을 수집하여 원문을 입력하고 번역한 결과물

나는 조선시대 한문학 연구가 조선 국경 안의 한문학만이 아니라 국경 너머 오가며 외국인들과 주고받은 한자 기록물까지 연구해야 한 다는 생각으로, 첫 번째 박사논문을 지도하면서 '통신사 필담창화집' 을 과제로 주었다. 구지현 선생은 1763년에 파견된 11차 통신사 구성 원들이 기록한 사행록 9종과 필담창화집 30종을 수집하여 분석했는 데, 박사학위를 받은 뒤에도 필담창화집을 계속 수집하여 2008년 한국 학술진흥재단의 토대연구에『조선후기 통신사 필담창수집의 수집, 번 역 및 데이터베이스 구축』이라는 과제를 신청하였다. 이 과제를 진행 하면서 우리 팀에서 수집한 필담창화집 178책의 목록과, 우리가 예상

한 작업진도 및 번역 분량은 다음과 같다.

1) 1차년도(2008. 7.~2009. 6.) : 1607년(1차 사행)에서 1711년(8차 사행)까지

연번	필담창화집 책 제목	면 수	1면 당 행수	1행 당 글자 수	예상되는 원문 글자 수
001	朝鮮筆談集	44	8	15	5,280
002	朝鮮三官使酬和	24	23	9	4,968
003	和韓唱酬集首	74	10	14	10,360
004	和韓唱酬集一	152	10	14	21,280
005	和韓唱酬集二	130	10	14	18,200
006	和韓唱酬集三	90	10	14	12,600
007	和韓唱酬集四	53	10	14	7,420
008	和韓唱酬集(결본)				
009	韓使手口錄	94	10	21	19,740
010	朝鮮人筆談幷贈答詩(國圖本)	24	10	19	4,560
011	朝鮮人筆談幷贈答詩(東京都立本)	78	10	18	14,040
012	任處士筆語	55	10	19	10,450
013	水戶公朝鮮人贈答集	65	9	20	11,700
014	西山遺事附朝鮮使書簡	48	9	16	6,912
015	木下順菴稿	59	7	10	4,130
016	鷄林唱和集1	96	9	18	15,552
017	鷄林唱和集2	102	9	18	16,524
018	鷄林唱和集3	128	9	18	20,736
019	鷄林唱和集4	122	9	18	19,764
020	鷄林唱和集5	110	9	18	17,820
021	鷄林唱和集6	115	9	18	18,630
022	鷄林唱和集7	104	9	18	16,848
023	鷄林唱和集8	129	9	18	20,898
024	觀樂筆談	49	9	16	7,056
025	廣陵問槎錄上	72	7	20	10,080
026	廣陵問槎錄下	64	7	19	8,512
027	問槎二種上	84	7	19	11,172

028	問槎二種中	50	7	19	6,650
029	問槎二種下	73	7	19	9,709
030	尾陽倡和錄	50	8	14	5,600
031	槎客通筒集	140	10	17	23,800
032	桑韓醫談	88	9	18	14,256
033	辛卯唱酬詩	26	7	11	2,002
034	辛卯韓客贈答	118	8	16	15,104
035	辛卯和韓唱酬	70	10	20	14,000
036	兩東唱和錄上	56	10	20	11,200
037	兩東唱和錄下	60	10	20	12,000
038	兩東唱和後錄	42	10	20	8,400
039	正德韓槎諭禮	16	10	18	2,880
040	朝鮮客館詩文稿(내용 중복)	0	0	0	0
041	坐間筆語附江關筆談	44	10	20	8,800
042	七家唱和集-班荊集	74	9	18	11,988
043	七家唱和集-正德和韓集	89	9	18	14,418
044	七家唱和集-支機閒談	74	9	18	11,988
045	七家唱和集-朝鮮客館詩文稿	48	9	18	7,776
046	七家唱和集-桑韓唱酬集	20	9	18	3,240
047	七家唱和集-桑韓唱和集	54	9	18	8,748
048	七家唱和集-客館縞綻集	83	9	18	13,446
049	韓客贈答別集	222	9	19	37,962
예상 총 글자수					589,839
1차년도 예상 번역 매수 (200자원고지)					약 8,900매

2) 2차년도(2009. 7.~2010. 6.) : 1719년(9차 사행)에서 1748년(10차 사행)까지

연번	필담창화집 책 제목	면수	1면 당 행수	1행 당 글자 수	예상되는 원문 글자 수
050	客館璀璨集	50	9	18	8,100
051	蓬島遺珠	54	9	18	8,748
052	三林韓客唱和集	140	9	19	23,940
053	桑韓星槎餘響	47	9	18	7,614

054	桑韓星槎答響	106	9	18	17,172
055	桑韓唱酬集1권	43	9	20	7,740
056	桑韓唱酬集2권	38	9	20	6,840
057	桑韓唱酬集3권	46	9	20	8,280
058	桑韓唱和塤篪集1권	42	10	20	8,400
059	桑韓唱和塤篪集2권	62	10	20	12,400
060	桑韓唱和塤篪集3권	49	10	20	9,800
061	桑韓唱和塤篪集4권	42	10	20	8,400
062	桑韓唱和塤篪集5권	52	10	20	10,400
063	桑韓唱和塤篪集6권	83	10	20	16,600
064	桑韓唱和塤篪集7권	66	10	20	13,200
065	桑韓唱和塤篪集8권	52	10	20	10,400
066	桑韓唱和塤篪集9권	63	10	20	12,600
067	桑韓唱和塤篪集10권	56	10	20	11,200
068	桑韓唱和塤篪集11권	35	10	20	7,000
069	信陽山人韓館倡和稿	40	9	19	6,840
070	兩關唱和集1권	44	9	20	7,920
071	兩關唱和集2권	56	9	20	10,080
072	朝鮮人對詩集1권	160	8	19	24,320
073	朝鮮人對詩集2권	186	8	19	28,272
074	韓客唱和/浪華唱和合章	86	6	12	6,192
075	和韓唱和	100	9	20	18,000
076	來庭集	77	10	20	15,400
077	對麗筆語	34	10	20	6,800
078	鳴海驛唱和	96	7	18	12,096
079	蓬左賓館集	14	10	18	2,520
080	蓬左賓館唱和	10	10	18	1,800
081	桑韓醫問答	84	9	17	12,852
082	桑韓鏘鏗錄1권	40	10	20	8,000
083	桑韓鏘鏗錄2권	43	10	20	8,600
084	桑韓鏘鏗錄3권	36	10	20	7,200
085	桑韓萍梗錄	30	8	17	4,080
086	善隣風雅1권	80	10	20	16,000
087	善隣風雅2권	74	10	20	14,800
088	善隣風雅後篇1권	80	9	20	14,400

089	善隣風雅後篇2권	74	9	20	13,320
090	星軺餘轟	42	9	16	6,048
091	兩東筆語1권	70	9	20	12,600
092	兩東筆語2권	51	9	20	9,180
093	兩東筆語3권	49	9	20	8,820
094	延享五年韓人唱和集1권	10	10	18	1,800
095	延享五年韓人唱和集2권	10	10	18	1,800
096	延享五年韓人唱和集3권	22	10	18	3,960
097	延享韓使唱和	46	8	14	5,152
098	牛窓錄	22	10	21	4,620
099	林家韓館贈答1권	38	10	20	7,600
100	林家韓館贈答2권	32	10	20	6,400
101	長門戊辰問槎상권	50	10	20	10,000
102	長門戊辰問槎중권	51	10	20	10,200
103	長門戊辰問槎하권	20	10	20	4,000
104	丁卯酬和集	50	20	30	30,000
105	朝鮮筆談(元丈)	127	10	18	22,860
106	朝鮮筆談1권(河村春恒)	44	12	20	10,560
107	朝鮮筆談1권(河村春恒)	49	12	20	11,760
108	韓客對話贈答	44	10	16	7,040
109	韓客筆譚	91	8	18	13,104
110	韓人唱和詩	16	14	21	4,704
111	韓人唱和詩集1권	14	7	18	1,764
112	韓人唱和詩集1권	12	7	18	1,512
113	和韓文會	86	9	20	15,480
114	和韓唱和錄1권	68	9	20	12,240
115	和韓唱和錄2권	52	9	20	9,360
116	和韓唱和附錄	80	9	20	14,400
117	和韓筆談薰風編1권	78	9	20	14,040
118	和韓筆談薰風編2권	52	9	20	9,360
119	鴻臚傾蓋集	28	9	20	5,040
예상 총 글자수					723,730
2차년도 예상 번역 매수 (200자원고지)					약 10,850매

3) 3차년도(2010. 7.~ 2011. 6.) : 1763년(11차 사행)에서 1811년(12차 사행)까지

연번	필담창화집 책 제목	면수	1면당 행수	1행당 글자수	예상되는 원문 글자수
120	歌芝照乘	26	10	20	5,200
121	甲申槎客萍水集	210	9	18	34,020
122	甲申接槎錄	56	9	14	7,056
123	甲申韓人唱和歸國1권	72	8	20	11,520
124	甲申韓人唱和歸國2권	47	8	20	7,520
125	客館唱和	58	10	18	10,440
126	鷄壇嚶鳴 간본 부분	62	10	20	12,400
127	鷄壇嚶鳴 필사부분	82	8	16	10,496
128	奇事風聞	12	10	18	2,160
129	南宮先生講餘獨覽	50	9	20	9,000
130	東渡筆談	80	10	20	16,000
131	東槎餘談	104	10	21	21,840
132	東游篇	102	10	20	20,400
133	問槎餘響1권	60	9	20	10,800
134	問槎餘響2권	46	9	20	8,280
135	問佩集	54	9	20	9,720
136	賓館唱和集	42	7	13	3,822
137	三世唱和	23	15	17	5,865
138	桑韓筆語	78	11	22	18,876
139	松菴筆語	50	11	24	13,200
140	殊服同調集	62	10	20	12,400
141	快快餘響	136	8	22	23,936
142	兩東鬪語乾	59	10	20	11,800
143	兩東鬪語坤	121	10	20	24,200
144	兩好餘話상권	62	9	22	12,276
145	兩好餘話하권	50	9	22	9,900
146	倭韓醫談(刊本)	96	9	16	13,824
147	倭韓醫談(寫本)	63	12	20	15,120
148	栗齋探勝草1권	48	9	17	7,344
149	栗齋探勝草2권	50	9	17	7,650
150	長門癸甲問槎1권	66	11	22	15,972

151	長門癸甲問槎2권	62	11	22	15,004
152	長門癸甲問槎3권	80	11	22	19,360
153	長門癸甲問槎4권	54	11	22	13,068
154	萍遇錄	68	12	17	13,872
155	品川一燈	41	10	20	8,200
156	表海英華	54	10	20	10,800
157	河梁雅契	38	10	20	7,600
158	和韓醫談	60	10	20	12,000
159	韓客人相筆話	80	10	20	16,000
160	韓館應酬錄	45	10	20	9,000
161	韓館唱和1권	92	8	14	10,304
162	韓館唱和2권	78	8	14	8,736
163	韓館唱和3권	67	8	14	7,504
164	韓館唱和續集1권	180	8	14	20,160
165	韓館唱和續集2권	182	8	14	20,384
166	韓館唱和續集3권	110	8	14	12,320
167	韓館唱和別集	56	8	14	6,272
168	鴻臚摭華	112	10	12	13,440
169	鷄林情盟	63	10	20	12,600
170	對禮餘藻	90	10	20	18,000
171	對禮餘藻(明遠館叢書 57)	123	10	20	24,600
172	對禮餘藻(明遠館叢書 58)	132	10	20	26,400
173	三劉先生詩文	58	10	20	11,600
174	辛未和韓唱酬錄	80	13	19	19,760
175	接鮮瘖語(寫本)1	102	10	20	20,400
176	接鮮瘖語(寫本)2	110	11	21	25,410
177	精里筆談	17	10	20	3,400
178	中興五侯詠	42	9	20	7,560
예상 총 글자수					786,791
3차년도 예상 번역 매수 (200자원고지)					약 11,800매

1차년도에는 하우봉(전북대) 교수와 유경미(일본 나가사키국립대학) 교수를 공동연구원으로 하여 고운기, 구지현, 김형태, 허은주, 김용흠 박

사가 전임연구원으로 번역에 참여하였다. 3년 동안 기태완, 이지양, 진영미, 김유경, 김정신, 강지희 박사가 연구원으로 교체되어, 결국 35,000매나 되는 번역원고를 마무리하였다.

일본식 한문이 중국식 한문과 달라서 특히 인명이나 지명 번역이 힘들었는데, 번역문에서는 독자들이 읽기 쉽도록 한국식 한자음으로 표기하고, 첫 번째 각주에서만 일본식 한자음을 표기하였다. 원문을 표점 입력하는 방법은 고전번역원에서 채택한 방법을 권장했지만, 번역자마다 한문을 교육받고 번역해온 과정이 다르기 때문에 재량을 인정하였다. 원본 상태를 확인하려는 연구자를 위해 영인본을 뒤에 편집하였는데, 모두 국내외 소장처의 사용 승인을 받았다.

원문과 번역문을 합하여 200자원고지 5만 매 분량의『조선후기 통신사 필담창화집 번역총서』를 12,000면의 이미지와 함께 편집하고 4차에 나누어 10책씩 출판하는 과정이 복잡하고 힘들었기에, 연세대학교 정갑영 총장에게 편집비 지원을 신청하였다.『조선후기 통신사 필담창수집 번역본 30권 편집』정책연구비(2012-1-0332)를 지원해주신 정갑영 총장에게 감사드린다.

『조선후기 통신사 필담창화집 번역총서』를 편집하는 과정에 문화재청으로부터『통신사기록 조사 및 번역, 데이터베이스 구축』연구용역을 발주받게 되어, 필담창화집을 비롯한 통신사 관련 기록을 세계기록유산으로 등재하는 작업에 참여하게 된 것도 기쁜 일이다. 통신사 관련 기록들이 모두 데이터베이스로 구축되어 국내외 학자들이 한일문화교류, 나아가서는 동아시아문화교류 연구에 손쉽게 참여하게 된다면『통신사 필담창화집 번역총서』의 사명을 다하는 것이라고 생각한다.

　조선후기 통신사가 동아시아 문화교류 연구에 중요한 이유는 임진 왜란 이후에 중국(청나라)과 일본의 단절된 외교를 통신사가 간접적으로 이어주었기 때문이다. 통신사 필담창화집 번역총서 60권 출판이 마무리되면 조선후기에 한국(조선)과 중국(청나라) 지식인들이 주고받은 척독집 40여 권도 데이터베이스로 구축하여, 일본에서 조선을 거쳐 청나라로 이어지는 '동아시아 문화교류의 길' 데이터베이스를 국내외 학자들에게 제공하고자 한다.

▌하우봉(河宇鳳)

전북대학교 사학과 교수

전공은 조선시대 한일관계사, 실학사상사이며, 『조선후기 실학자의 일본관 연구』, 『조선시대 한국인의 일본인식』, 『한국과 일본』 외 다수의 저서와 논문이 있음.

전북대학교 인문대 학장, 국사편찬위원회 위원, 한일관계사학회, 한국일본사상사학회 회장을 역임하였다.

▌유경미(劉卿美)

일본 나가사키대학 교수

오차노미즈여자대학 대학원 수료, 비교문화학 전공, 인문과학박사

現在、長崎大学教授

お茶の水女子大学大学院修了、比較文化学専攻、人文科学博士

조선후기 통신사 필담창화집 번역총서 5

和韓唱酬集 三·四

2013년 7월 26일 초판 1쇄 펴냄

역 자 하우봉·유경미
발행인 김흥국
발행처 도서출판 보고사

등록 1990년 12월 13일 제6-0429호
주소 서울특별시 성북구 보문동7가 11번지 2층
전화 922-5120~1(편집), 922-2246(영업)
팩스 922-6990
메일 kanapub3@naver.com
http://www.bogosabooks.co.kr

ISBN 979-11-5516-060-2 94810
      979-11-5516-055-8 (세트)
ⓒ 하우봉·유경미, 2013

정가 20,000원
사전 동의 없는 무단 전재 및 복제를 금합니다.
잘못 만들어진 책은 바꾸어 드립니다.

이 도서의 국립중앙도서관 출판시도서목록(CIP)은 서지정보유통지원시스템 홈페이지
(http://seoji.nl.go.kr)와 국가자료공동목록시스템(http://www.nl.go.kr/kolisnet)에
서 이용하실 수 있습니다. (CIP제어번호: CIP2013012710)